AF469645

SIX SEMAINES DE LA VIE DU CHEVALIER DE FAUBLAS,

P ur ſervir de ſuite à ſa premiere année.

PREMIERE PARTIE.

A LONDRES,

Et ſe trouve à PARIS,
Chez BAILLY, Libraire, rue Saint-Honoré,
vis-à-vis le Corps-de-Garde des Sergens.
Et chez les Marchands de Nouveautés.

M. DCC. XC.

A MONSIEUR

LE VICOMTE C. G. T**.

MONSIEUR,

VOTRE nom destiné à plusieurs sortes de gloire, est en même temps consigné dans les fastes de la littérature, & dans les annales de l'histoire : on devroit donc le lire à la tête d'un ouvrage plus recommandable que celui-ci ; mais je serois trop ingrat si je ne vous offrois point un hommage & des remerciements publics. Que ne m'a-t-il été possible de suivre vos conseils ! *Faublas*, pour la seconde fois soumis à votre censure, vous auroit avec bien d'autres obligations celle de se montrer déja beaucoup plus formé. Vous paroissez croire, & vous voulez bien me dire que je pourrois, avec quelque succès, embrasser un genre plus sérieux, & que je devrois consacrer à la morale & à la philosophie mes dispositions, que vous appellez mes talents. Quelquefois je vous ai vu sourire aux espiégleries de mon *Chevalier ;* plus souvent je vous ai entendu m'exprimer, sans détour, le regret que vous aviez de le trouver toujours si peu raisonnable. J'ai eu l'honneur de vous observer qu'il étoit encore adolescent, & qu'il pourroit, comme tant d'autres enfants de bonne maison, complétement réparer, par les actions exemplaires de l'âge mûr, les erreurs peut-être excusables du premier âge. Ici j'ajouterai, que pour corriger les écarts du jeune homme, l'historien fidele attend impatiemment que l'heure du héros soit venue ; & si cet aveu ne suffit pas pour m'obtenir grace auprès des gens séveres, je citerai ma justification imprimée long-temps avant que je fusse né pour commettre la faute. Dans un conte philosophique, écrit avec la facilité prodigieuse & l'inimitable naturel qui caractérisent les ouvrages de ce génie universel, presque toujours supérieur à son sojet, Voltaire m'a dit : *Monseigneur, vous avez rêvé tout cela : nos idées ne dépendent pas plus de nous dans le sommeil que dans la veille. Une puis-*

ſance ſupérieure a voulu que cette file d'idées vous ait paſſé par la tête, pour vous donner apparemment quelqu'inſtruction dont vous ferez votre profit.

Je ſuis avec reconnoiſſance & reſpect,

MONSIEUR,

Votre très-humble & très-obéiſſant ſerviteur, LOUVET *de Coupevray.*

P. S. Pourquoi *de Coupevray* ? — Veuillez tourner le feuillet, & vous le ſaurez.

A ELLE.

J'AUROIS osé le lui dédier, s'il s'en fût trouvé digne.

A MON SOSIE.

JE ne ſais, Monſieur, ſi vous êtes l'heureux propriétaire d'une figure ſemblable à la mienne, & ſi, comme moi, vous deſcendez de ce fameux LOUVET.... Je ne ſais. Mais il ne m'eſt plus permis de douter que nous avons à peu près le même âge, que nous ſommes décorés d'un titre preſque ſemblable, que nous nous glorifions d'un nom abſolument pareil. Je ſuis ſur-tout frappé d'un trait de reſſemblance plus précieux pour nous, plus intéreſſant pour la patrie; c'eſt que nous pourrons aller enſemble à l'immortalité, puiſque tous deux nous compoſons de très-jolie proſe; puiſque tous deux nous nous faiſons imprimer vifs.

J'aime à croire que cette parfaite analogie vous a d'abord ſemblé, comme à moi, très-flatteuſe, & cependant je ſuis perſuadé que maintenant vous ſentez, ainſi que moi, le terrible inconvénient qu'elle entraîne. A quelle marque certaine deux rivaux ſi reſſemblants, en même temps lancés dans la vaſte carriere, feront-ils reconnus & diftingués ? Quand le monde retentira de notre éloge commun ; quand nos chefd'œuvres pareillement fignés voyageront d'un pôle à l'autre, qui féparera nos deux noms confondus au temple de mémoire ? Qui me conſervera ma réputation, que ſans ceſſe vous uſurperez ſans vous en douter ? Qui vous reſtituera votre gloire, que je vous volerai continuellement ſans le vouloir ? Quel homme aſſez pénétrant pourra, par une aſſez équitable répartition, rendre à chacun la juſte portion de célébrité que chacun aura méritée ? Que feraije pour qu'on ne vous prête pas tout mon eſprit ? Comment empêcherezvous qu'on ne me gratifie de toute votre éloquence. Ah ! Monſieur, Monſieur !

Il eſt vrai que l'ingrate fortune a mis entre nos deſtinées une différence pour vous toute avantageuſe : vous êtes avocat-*AU* ; je ne ſuis qu'avocat-*EN* ; vous avez prononcé, dans une grande *aſſemblée*, un grand *diſcours* ; je n'ai fait qu'un petit roman. Or, tous les orateurs conviennent qu'il eſt plus difficile de haranguer le public, que d'écrire dans le cabinet ; & tous les gens instruits sont épouvantés de l'immense intervalle qui sépare les avocats - *EN* des avocats - *AU*. Mais je vous observe qu'il y a encore dans le royaume des milliers d'ignorants qui ne connoissent ni mon roman, ni votre discours, & qui, dans leur profonde insouciance, ne se sont pas donné la peine d'apprendre quelles belles prérogatives sont attachées à ce petit mot *AU*, dont, à votre place, je serois très-fier : ainsi, Monsieur, vous voyez bien que malgré le roman & le discours, le EN & le AU, tous ces gens-là qui ne peuvent manquer d'entendre bientôt parler de vous & de moi, nous prendroient continuellement l'un pour l'autre. Ah ! Monsieur, croyez-moi, hâtons-nous d'épargner à nos contemporains ces perpétuelles méprises qui donneroient trop d'embarras à nos neveux.

D'abord j'avois imaginé que vous trouvant le plus intéressé à prévenir les doutes de la postérité, vous voudriez bien faire comme vos nobles confreres, qui, pour la plus grande gloire du barreau, augmentent ordinairement d'un superbe surnom leur baptistaire devenu trop modeste. Depuis, en y réfléchissant davantage, j'ai senti que délicatement je devois me donner ce ridicule pour vous l'épargner. Voilà ce qui me détermine ; vous pouvez, si bon vous semble, rester M. Louvet tout court ; moi, je veux être éternellement,

LOUVET *de Coupevray*

SIX SEMAINES DE LA VIE DU CHEVALIER DE FAUBLAS,

Pour servir de suite à sa premiere année.

LE lendemain j'épousai Dorliska.

L'auguste cérémonie s'achevoit. Dans un discours qui m'avoit paru long, l'éloquent ministre venoit de nous recommander des vertus que je ne croyois pas difficiles. Sophie me nommoit son époux ; ma bouche répétoit à Sophie un serment qu'avouoit mon cœur, lorsque la voûte sacrée retentit d'un cri lamentable & perçant.

Chacun se retourne effrayé. Déja, loin des spectateurs étonnés, s'est élancé vers les portes du temple, un jeune homme dont je n'apperçois plus que l'uniforme bleu.

On l'a vu quelques instants auparavant entrer précipitamment, brusquement fendre la foule, s'approcher de l'autel avec la plus grande agitation. Ses regards sont tombés sur Sophie ; d'une voix plaintive il a dit : *C'est donc elle !* & puis il a poussé ce long gémissement dont mon cœur s'est ému. Inquiet & curieux, je veux voler à lui, mon pere s'y oppose & m'arrête ; mais mon généreux ami, mon cher compagnon d'armes & d'amour, Derneval, plus libre & non moins alarmé que moi peut-être, Derneval court aussi-tôt sur les traces de l'inconnu.

C'est pendant le tumulte momentané causé par cet événement étrange, que Sophie se penche à mon oreille & me dit en tremblant : *Oh ! mon ami, prends garde à moi !*

J'allois lui répondre, j'allois l'interroger, quand M. du Portail (1) un moment

---

(1) S'il est inutile de rappeller au lecteur que du Portail & Lovzinski ne sont qu'un même homme, & que ma Sophie s'appelle aussi Dorliska, toujours est-il bon de le prévenir que je continuerai d'employer ces deux noms indifféremment.

diſtrait dans le trouble général, mais apparemment auſſi-tôt rappellé par le mouvement qu'il a vu faire à ſa fille, vient reprendre auprès d'elle, la place que peut-être il ſe repent d'avoir un inſtant quittée. Je le vois lancer un regard ſévere ſur ma timide épouſe qui baiſſe les yeux en pâliſſant. Une foule de réflexions cruelles tourmente mes eſprits, dans le court eſpace de temps qu'emploie le miniſtre pour terminer la cérémonie.

Quoi ! Derneval, mon ami, quoi ! ſi-tôt de retour ! .. Hé bien, ce jeune homme, le connoiſſez-vous ? Quel eſt-il ? Que veut-il ? Que vous a-t-il dit ? — Mon cher Faublas, ſes gens lui tenoient dans le cloître un cheval tout prêt ; il étoit au bout de la rue avant que je fuſſe à la porte du temple. — Et vous ignorez ce qu'il eſt devenu ? — Mon ami, il couroit au galop & j'étois à pied : à tout haſard je me ſerois volontiers jeté dans la voiture qui a conduit Mad. de Faublas ici ; mais l'indocile cocher n'a pas voulu marcher. — Derneval, vous ne ſavez pas combien j'ai d'inquiétude... Promettez-moi de ne pas nous quitter aujourd'hui, ne partez que demain. — Demain ! Si dès aujourd'hui mes perſécuteurs ? — Je crois vos dangers poſſibles, mais les miens ſont peut-être inévitables Depuis la terrible ſcene d'hier, depuis que le baron de Gorlitz & Mad. Munich ſont partis, Lovzinski s'eſt emparé de ſa fille, de ſa fille que je n'ai revue qu'aujourd'hui, que je n'ai revue qu'à l'autel A peine a-t-on daigné ſouffrir que je lui adreſſaſſe un mot, toute réponſe lui ſembloit interdite ; ce n'eſt qu'aux pieds de l'Eternel qu'elle a pu me renouveller ſa foi, ce n'eſt qu'à ma femme qu'on m'a permis de jurer que j'adorerois toujours mon amante ! Derneval, examinez Lovzinski, remarquez ſon viſage ſombre & ſoucieux, ſon regard obſervateur & défiant ; lui trouvez-vous cet air de ſatisfaction que montre toujours un bon pere qui donne à ſa fille l'époux deſiré ? A-t-il, dites-moi, le maintien noblement orgueilleux d'un homme offenſé qui pardonne ?... Et ma chere Dorliska, ma jolie couſine, ma belle Sophie ! quelle impreſſion de triſteſſe profonde je vois ſur cette figure céleſte, que devroit embellir l'idée d'un bonheur ſuprême, aujourd'hui légitime !.. Et dans ſes yeux obſcurcis une larme qu'elle s'efforce de retenir !.. Qui peut donc altérer ſa félicité ? Qui peut lui faire d'un jour d'alégreſſe un jour de tourment ? Quelle crainte ou quel regret ?.. Ce jeune homme, d'où la connoit-il ? Que venoit-il faire ici ?... Un affreux ſoupçon déchire mon cœur.... Mais non ; Sophie ne peut me trahir. Elle va donc ſuccomber victime d'une trahiſon ! *C'eſt donc elle !* a dit l'inconnu ; *prends garde à moi*, m'a dit Sophie. Mais comment la défendre ? Quels ſont nos ennemis ? A quels périls faut-il me préparer ? Derneval, je vous en conjure par notre confraternité, ne m'abandonnez pas dans des circonſtances auſſi critiques. Si vous me quittez je ſuis perdu. Une obſcurité profonde couvre les deſſeins de nos ennemis, une incertitude affreuſe enchaîne toutes mes facultés. Comment prévenir des complots que j'ignore ? Et dans la foule des malheurs que je preſſens, comment deviner celui qui peut m'accabler ?

Je n'entendis pas la réponſe de Derneval, car Sophie toujours accompagnée de ſon pere, regagnoit déja les portes du temple : Mon ami, ne venez-vous pas, me dit-elle ? Il y avoit dans ſon regard tendre une expreſſion de douleur ſi forte; il y avoit dans l'inflexion de ſa voix douce une altération ſi marquée, que je ſentis s'accroître encore mon inquiétude mortelle.

Nous arrivons dans le cloître. Eſt-ce par diſtraction ou par incivilité que Lovzinski, ſans prendre garde ni à Dorothée, ni à mon pere, fait monter ſa fille la premiere & ſe place auſſi tôt à côté d'elle ? Pendant que je me fais cette queſtion, Lovzinski ferme la portiere ; & le cocher déja prêt donne aux chevaux de grands coups de fouet La voiture rapidement emportée, eſt à plus de cinquante pas de diſtance, avant qu'aucun de nous ſoit ſorti de la profonde ſtupéfaction où le jette cette fuite imprévue. Le premier je me réveille, plus prompt que l'éclair je m'élance. La grandeur de la perte que je puis faire, l'eſpérance de recouvrer l'inappréciable bien qu'on m'enleve, ajoutent à ma légéreté naturelle des forces extraordinaires ; je me ſens une vigueur plus qu'humaine ; bientôt j'atteindrai la votiure, bientôt j'arracherai ma femme à ſon raviſſeur... Mais, hélas, Derneval & mon pere ſont trop tôt pour moi revenus de leur étonnement, & leur activité bruyante va me devenir plus funeſte que la funeſte immobilité dans laquelle je les ai laiſſés. Tous deux ils me ſuivent de loin, en criant de toutes leurs forces : arrête ! Moi, je cours ſi vîte que je ne puis crier. Pluſieurs ſoldats viennent à paſſer ; en me voyant ſeul & ſilencieux brûler le chemin dans mes élans rapides, ils imaginent que c'eſt moi qu'on pourſuit. Tout d'un coup le cercle eſt fait & me voilà environné : je veux m'expliquer, je parle françois à des Allemands (1) ! Déſolé de n'être pas compris & de perdre en vains diſcours le temps ſi précieux, j'eſſaie de forcer la barriere ; mais que

---

(1) Luxembourg eſt une place très-forte. Il y avoit alors une garniſon de 7 à 8000 hommes des troupes de l'empire.

peut un homme contre dix ? Ma résistance ne fait que les irriter ; ils me maltraitent. Ce n'étoit rien que des coups, je les sentois à peine ; mais j'entendois le bruit sourd que faisoit la voiture déja beauçoup plus éloignée, & chaque tour de roue étoit un coup de poignard pour mon cœur. Tout en me débattant, je jette sur la route un regard douloureux ; dans le lointain je distingue à peine un foible nuage de poussiere. Alors, saisi d'un mortel désespoir, je sens expirer mon courage & s'anéantir mes forces ; alors se fait dans toute la machine ébranlée la plus prompte & la plus affreuse des révolutions... Je tombe sans connoissance aux pieds des barbares qui m'ont arrêté, aux pieds de mon pere & de mes amis qui ont enfin pu me rejoindre. Je tombe... Ah ! Sophie, mon ame te suit !

Malheureux chevalier, quand tu revins à toi, où étois-tu ?

Sur un lit de douleur. Le baron veilloit à mon chevet qu'il baignoit de ses larmes. Sophie fut le premier mot que je prononçai, quand je recouvrai ma raison. Voyez comme sa tisane a déja fait son effet, dit un petit homme que j'apperçus derriere le baron. Voilà l'accès passé, il entre demain dans son quatrieme jour. — Quoi ! monsieur, je ne suis ici que depuis trois jours ? Quoi ! mon pere, il n'y a que trois jours qu'ils m'ont arraché Sophie ? Oui, mon ami, me répondit-il en sanglottant, trois jours se sont écoulés, depuis que ton pere désolé attend que tu le reconnoisses & que tu le nommes. — Ah ! pardon, cent fois pardon... Mais vous ne savez pas, vous ne pouvez concevoir quel énorme fardeau pese sur mon cœur, combien je me sens accablé du poids de mon infortune. — Tel est, mon fils, l'effet ordinaire des passions qui égarent la jeunesse insensée. Elles ont d'abord amolli ton ame au sein des plaisirs ; maintenant elles te livrent sans force aux coups de l'adversité. A Dieu ne plaise que je veuille aujourd'hui te reprocher tes fautes, le sort t'en a trop cruellement puni. Tu as besoin d'un appui, ce sont des secours que je prétends te donner. Mon fils, entends ma voix gémissante, recueille mes consolations paternelles. Ecoute un ami tendre qui souffre de tes maux, un pere alarmé qui frémit pour lui-même en tremblant pour toi. Ta Sophie t'appartient, nul ne peut t'en priver. Du Portail, en la conduisant au temple, a perdu tous ses droits sur elle. Mon ami, nous la chercherons. En quelque lieu que nous puissions la découvrir, je te promets de ne rien négliger pour la tirer de sa retraite ; je te promets de te rendre ta femme. Toi, mon ami, rappelle ton courage, ouvre ton cœur à l'espérance, prends pitié de ma peine extrême, & rends-moi mon fils. Oui, qu'il continue sa tisane de *la Véroniere*, interrompit le petit homme, & nous le guérirons. — Ah ! mon pere, je vous devrai deux fois la vie. Et moi, monsieur, reprit le petit homme, croyez-vous ne me rien devoir ? Comptez-vous pour rien les boissons que depuis ce matin je vous administre ? — Mon pere, sait-on au moins ce qu'elle est devenue ? — Mon ami, Derneval & Dorothée sont partis avant-hier, & m'ont promis de faire des recherches. Messieurs, dit encore le petit homme, voilà un entretien qu'il faut finir. Nous guérirons ce jeune homme-là, puisqu'il parle déja raison. Mais qu'il se taise, & qu'il continue sa tisane. Demain tout ira bien, & nous pourrons le faire transporter. Le petit homme en parlant ainsi, alla remplir une énorme tasse ; & me l'apportant d'un air de triomphe, m'invita doucereusement à avaler le breuvage consolateur. Un amant jeune & vif, à qui l'on vient offrir un verre de tisane quand il demande sa maîtresse enlevée, peut bien ressentir un mouvement d'impatience, & n'être pas exactement poli. Je pris le vase avec promptitude, & je le vuidai lestement sur la tête pointue de mon Esculape. L'épais liquide, découlant le long de sa face oblongue, inonda aussi-tôt son maigre corps. Ha, ha! dit froidement le petit homme en épongeant sa ronde perruque & son habit court, il y a encore du délire ! Mais, M. le baron, que cela ne vous inquiete pas. Qu'il continue sa tisane ; seulement ayez soin de la lui donner vous-même, parce que, comme vous êtes son pere, il n'osera peut-être pas vous la jeter au nez.

Le meilleur médecin est celui qui, connoissant nos passions, sait les flatter, quand il ne peut les guérir. Aussi les promesses du baron préparerent mon rétablissement, bien plus efficacement que ne l'auroit pu faire la tisane du petit homme. Dès le lendemain je me sentois mieux ; je fus transporté comme on me l'avoit annoncé la veille. Nous allâmes au village de *Holriss*, situé à deux lieues de Luxembourg, occuper une maison bourgeoise que mon esculape venoit d'acquérir tout récemment. On avoit conseillé cette retraite au baron. La tranquillité du lieu, sa gaieté champêtre, le charme de la campagne, les travaux de la saison, tout m'y offriroit, avoit-on dit, de consolantes distractions ou des occupations utiles. Je pourrois, sans aucun danger, respirer un air salubre, & prendre un exercice modéré dans un grand jardin. Mon pere aussi avoit pensé que nous serions beaucoup mieux cachés dans un village obscur ; à la précaution peut-être surabondante du changement de lieu, il avoit ajouté la précaution sans doute plus nécessaire du changement de nom. On l'appelloit M. *de Belcour ;* je me nommois M. *de Noirval.* Le valet de chambre du baron & mon fidele Jasmin composoient notre domestique. Mon pere avoit envoyé le reste de ses gens sur diverses routes, avec la double commission de chercher Lovzinski, & de veiller à ce que nous ne fussions pas inquiétés.

En arrivant dans le nouveau domicile qu'il nous avoit choisi, M. de Belcour visita toutes les chambres, pour m'y faire donner celle qu'il jugeroit la plus commode & la plus tranquille. M. Desprez (c'est le nom du médecin) nous fit remarquer un petit pavillon entre cour & jardin. Il nous dit qu'il y avoit au premier étage trois chambres fort gaies, mais que le dernier propriétaire s'étoit vu forcé d'abandonner, à cause des revenants. Noirval, répondit mon pere en souriant, ne craint pas les esprits : il a maintenant ses pistolets ; quand il se portera mieux il aura son épée. On me mit donc en possession d'une des trois pieces ; Jasmin s'empara gaiement de l'une des deux autres, & promit de garder encore la troisieme contre les esprits. M. de Belcour alla prendre son logement dans le corps de logis plus considérable, situé sur la rue.

La nuit vint, les esprits ne vinrent pas ; ils me laisserent tout entier à mes réflexions douloureuſes. O ma jolie couſine ! ô ma charmante femme, que je verſai de pleurs en ſongeant à vous !

Où ſon pere l'avoit-il conduite ? Pourquoi me l'avoit-il enlevée ? Quelle raiſon aſſez puiſſante avoit pu porter à cette extrémité ſi dangereuſe, Lovzinski naturellement compatiſſant & doux, Lovzinski dont le cœur avoit éprouvé l'irréſiſtible empire d'une grande paſſion vainement contrariée ? L'inconſolable époux de Lodoiska devoit-il être un pere cruel ? D'ailleurs, un prompt hymen n'avoit-il pas réparé ce qu'il appelloit mes égarements ? Que pouvoit exiger de plus l'honneur de ſa maiſon, involontairement compromis ? Enfin, n'étoit-ce pas à mes fautes même qu'il devoit le bonheur ineſpéré d'avoir retrouvé ſon adorable fille ? & l'ingrat oſoit me la ravir ! & le barbare ne craignoit pas de l'immoler !... Oui ſans doute, de l'immoler ! Accablée de ce coup affreux, Dorliska, l'infortunée Dorliska !... O ma Sophie, ſi déja tu n'es plus, du moins en me donnant ta derniere penſée, tu auras emporté le juſte eſpoir de n'être pas long-temps ſurvécue. Vas, je ne tarderai pas à l'accomplir. Bientôt, loin d'un monde jaloux, loin des peres dénaturés, libre de l'inſupportable fardeau des tyranniques bienſéances, affranchi du joug odieux des préjugés perſécuteurs, j'irai, j'irai j'irai, satisfait & tranquille, me réunir à mon épouse heureuse & consolée. Bientôt, au sein d'une inaltérable paix, dans l'Elysée promis aux vrais amants, nos ames plus intimement rapprochées s'enivreront des délices d'un éternel amour.

Ainsi, dans le calme des nuits, ma douleur se nourrissoit des idées les plus propres à l'augmenter. Le jour m'apportoit quelque repos. Mon pere, toujours levé avant l'aurore, ne se lassoit pas de me répéter ses promesses ; il me parloit des moyens qu'il comptoit employer avec moi pour retrouver ma femme ; & ne paroissant pas douter de leur succès, il me défendoit de mon désespoir. Par un de ses décrets immuables & bienfaisants, la nature a voulu que la crédulité naquît de l'infortune. Rarement l'espérance abandonne un mortel malheureux, & plus ses maux sont grands, plus aisément on lui persuade qu'ils vont bientôt finir.

Quelquefois agité d'un soupçon inquiétant, je demandois à mon pere ce qu'il pensoit de ce jeune homme, dont je croyois encore entendre le lamantable cri. M. de Belcour ne savoit que me répondre, quand je le priois de me dire comment cet inconnu avoit pu nous suivre à Luxembourg, quel dessein l'y amenoit, en quel temps il avoit connu Sophie, & pourquoi Sophie ne m'avoit jamais parlé de lui.

Quelquefois auſſi reportant ma penſée moins triſte ſur cette foule d'événements qui avoient rempli ma ſeizieme année, je me plaiſois à donner quelques ſouvenirs à cette intéreſſante beauté, par qui le commencement de ma carriere, ſemé de tant de fleurs, m'avoit été ſi doux. Pauvre marquiſe de B***! qu'eſt-elle devenue?.. Peut-être enfermée! peut-être morte!.. Lecteur équitable, je m'en rapporte à vous; pouvois-je ſans ingratitude refuſer quelques larmes au ſort de cette femme malheureuſe, ſeulement coupable de m'avoir trop aimé?

Je ne dois point oublier de dire que mon cher docteur auſſi, M. Deſprez, continuoit à me donner de ſalutaires diſtractions. Tous les matins il me demandoit ſi quelque revenant ne m'avoit pas tourmenté; tous les ſoirs il me recommandoit de continuer *l'excellente tiſane de la Véroniere*; mais, quoique je l'en priaſſe inſtamment, il ne vouloit jamais me la donner lui-même. J'étois étonné que mon pere m'eût choiſi cet étrange eſculape, qui ne croyoit qu'à ſa tiſane & aux revenants. Voici ce que m'apprit M. de Belcour, à qui j'en parlai: le plus habile médecin de Luxembourg, d'abord conſulté ſur mon état, avoit ordonné les remedes & le régime néceſſaires; monſieur Deſprez, inſtruit qu'on avoit arrêté de conduire le malade à la campagne dès que le transport pourroit se faire sans danger, étoit venu, dès le troisieme jour, offrir à mon pere ses services & sa maison. Le premier médecin, en applaudissant au choix du lieu qu'il connoissoit, avoit rejeté la concurrence humiliante & dangereuse d'un moderne confrere qu'il ne connoissoit pas. M. de Belcour, pour mettre les rivaux d'accord, avoit accepté les soins de l'un & la maison de l'autre.

C'étoit le médecin connu de Luxembourg, qui me gouvernoit; l'ignoré docteur de *Holriff* n'avoit d'autre mérite que celui de nous louer sa maison fort cher. J'étois le maître de craindre ses revenants; mais je n'avois rien à redouter de ses ordonnances.

Plus de huit jours cependant s'étoient passés, lorsqu'enfin nous reçûmes des nouvelles encourageantes. Dupont, celui de nos domestiques que mon pere avoit envoyé sur la route de Paris, écrivit qu'en sortant de Luxembourg, il avoit appris à la premiere poste, qu'on venoit d'y donner des chevaux à un homme d'un âge mûr, accompagné d'une jeune fille éplorée. Dupont, ne doutant pas que ce ne fût ma femme & mon beau-pere, les avoit suivis de près jusqu'aux environs de Sainte-Ménéhould, où malheureusement il s'étoit démis la cuisse en tombant de cheval. Cet accident l'avoit empêché de nous faire passer plutôt l'intéressant avis qu'il nous donnoit,

M. de Belcour, habile à ſaiſir tout ce qui pouvoit flatter mon eſpérance, ne manqua pas de m'obſerver que déſormais l'objet de nos recherches devenues plus faciles, ſe trouvoit circonſcrit dans l'étendue du royaume, ou plutôt dans l'enceinte de la capitale. M du Portail, ajouta-t-il, a bien ſenti qu'il pouvoit, ſans courir un grand danger, retourner à Paris, où on le connoît peu, & qu'en ſuppoſant que nous parvinſſions à découvrir ſa retraite, nous n'oſerions l'y venir troubler. Je l'oſerai, m'écriai-je avec tranſport, je l'oſerai, mon pere, & bientôt j'embraſſerai ma Sophie.

Le même jour vint une lettre de M. de Roſambert, à qui M. de Belcour, depuis notre changement de demeure & de nom, avoit fait paſſer les détails de ma funeſte aventure. Le comte, toujours caché dans l'aſyle qu'il s'étoit choiſi, ſe portoit déja beaucoup mieux, & comptoit venir bientôt nous joindre & me conſoler. Il avoit envoyé au couvent ſavoir des nouvelles d'Adélaïde, que notre abſence inquiétoit beaucoup & chagrinoit davantage. Le marquis n'étoit pas mort; Roſambert ne diſoit pas un mot de Mad. de B***. Le ſilence qu'il affectoit ſur le compte d'une femme trop malheureuſe & trop aimable, dont il ne pouvoit douter que le ſort incertain ne dût exciter au moins ma vive curioſité, me parut étrange. Je ne fus pas moins surpris qu'il ne m'eût pas écrit en même temps qu'à M. de Belcour ; mais en y réfléchissant plus mûrement, je devinai que mon pere, pour le moment peu curieux de me voir occupé de cette correspondance, interceptoit ses lettres.

Si, dans les nouvelles que je venois de recevoir, il n'y avoit rien d'assez positif pour me rassurer entiérement, j'y trouvai du moins de quoi me tranquilliser un peu. Ma convalescence commença. Le petit docteur contestoit à l'amour & à la nature le mérite de cette prompte cure, pour en attribuer tout l'honneur à la fameuse tisane si rarement bue. Une chose seulement lui faisoit croire, que quelque divinité propice veilloit sur nos destinées : les revenants ne m'avoient pas encore tourmenté depuis que nous habitions notre nouvelle demeure ! M. Desprez me parloit si souvent de ses revenants, qu'enfin je le priai de vouloir m'apprendre ce qui pouvoit donner lieu à cette éternelle plaisanterie. Aussi-tôt d'un ton très-sérieux il commença ce triste récit :

Une petite métairie, dont le fermier s'appelloit Lucas, existoit jadis sur le terrein même où nous sommes, à la place de ce petit corps de logis, qui par conséquent n'existoit pas. — Votre conséquence est frappante, M. Desprez. — Lucas adoroit ſa femme Liſette, & Liſette adoroit ſon mari Lucas. Si Lucas n'avoit jamais aimé que Liſette, peut-être que Liſette auroit toujours aimé Lucas. — Eh, bon Dieu! M. Deſprez, que de Liſettes & de Lucas! — Monſieur, puiſque je compte une hiſtoire, il faut bien que je nomme les perſonnages — Vous avez raiſon, docteur; mais quand vous les nommeriez moins ſouvent, il n'y auroit pas de mal; cependant ne vous gênez pas. — Je vous ai déja fait entendre, fort adroitement, que Liſette & Lucas étoient mariés enſemble A préſent je crois devoir vous prier de remarquer, que pour qu'un mariage ſoit heureux, il faut que les époux faſſent bon ménage. — Excellente remarque, M. Deſprez! Et pour que les époux faſſent bon ménage, il eſt néceſſaire qu'ils aient des goûts d'eſpece ſemblable, & des humeurs de qualité pareille. — Bravo, docteur! — Or, je vous ai dit que Lucas aimoit autre choſe que ſa femme. — Ah! M. Deſprez, que vous contez bien! — N'eſt-il pas vrai que je n'oublie rien? — Et vous vous répétez, de peur qu'on n'oublie. — C'eſt qu'il faut être clair, monſieur. Or donc, cette autre choſe que Lucas aimoit autant & peut-être plus que ſa femme, c'étoit le bon vin du pays à trois ſous la pinte, *meſure de Saint-Denis*; & ce goût différent que la femme avoit, c'étoit celui de l'eau de la fontaine ; car elle ne pouvoit souffrir le jus de la treille. — Comment, docteur, de la poésie ? — Quelquefois je m'en mêle, monsieur. Il y avoit dans le goût de Lucas cet inconvénient, que le vin échauffant les fibres irritables de son estomac, portoit aux fibres chaudes de son cerveau brûlé des vapeurs âcres, qui faisoient qu'il étoit grossier, méchant & brutal, quand il avoit bu. — Voilà, permettez-moi de vous le dire, docteur, une définition presque digne du *médecin malgré lui.* — Vous m'offensez, monsieur ; moi, je le suis devenu malgré tout le monde ; mon génie médical m'a entraîné... Et dans le goût tout différent de Lisette, il y avoit cet autre inconvénient tout contraire, que l'abondance d'eau noyant ses visceres relâchés, délayant trop ses aliments mal cuits, détruisant enfin le ton des ressorts, troubloit les digestions, préparoit un mauvais chile, causoit les mal-aises, les insomnies, les bâillements, l'ennui, & portoit aux membranes affoiblis de sa petite cervelle cette humeur tenace & mordicante, qui fait que les petites femmes qui ne boivent que de l'eau, sont en général criardes, entêtées & revêches. Or, vous voyez bien, monsieur, qu'il auroit fallu fondre ensemble ces deux goûts extrêmes & différents, pour n'en composer qu'un seul & même appétit bien ordonné. Il auroit fallu que Lisette mît un peu de vin dans ſon eau ; que Lucas mît beaucoup d'eau dans ſon vin, parce que le tempérament du mari & le tempérament de la femme auroient bientôt ſympathiſé par un juſte milieu, parce que leurs humeurs ſe ſeroient trouvées parfaitement d'accord ; parce que.... parce que... — Ne vous tourmentez pas, docteur, je devine le reſte. — Il demeure donc prouvé, monſieur, que ſi les choſes avoient été réglées de la maniere que je viens de vous expliquer, il ne ſeroit point arrivé à ces malheureux époux la funeſte cataſtrophe dont il me reſte à vous entretenir. — Voyons, docteur, la cataſtrophe. — C'étoit, monſieur, l'an 1773, le vendredi 13 octobre, à huit heures treize minutes du ſoir. Je vous obſerverai, en paſſant, que le concours de pluſieurs nombres treize eſt toujours fatal. — J'en faiſois tout bas la remarque, M. Deſprez. — On achevoit alors la vendange, parce que les vignes avoient mûri tard cette année. Lucas, en ſortant de la cuve où il venoit de fouler le raiſin, avala treize pleins verres de vin nouveau. Quand il rentra dans la ferme, ce n'étoit plus un homme, c'étoit un diable. Malheureuſement ſa femme Liſette avoit mangé à ſon dîné une petite aumelette au rognon de treize œufs, & n'avoit bu que de l'eau. La digeſtion s'étoit faite péniblement. Liſette, en voyant Lucas un peu gris, bâilla, fit la grimace, & tint un propos aigre. Lucas répondit par un geste menaçant, & par un gros mot. Dans un petit moment d'humeur, Lisette jeta treize assiettes à la tête de Lucas. Lucas, dans un premier mouvement, assomma Lisette de treize coups de broc. Quand il la vit morte, il sentit qu'il l'aimoit. Il se jeta comme un désolé sur le *cadavre*, & lui demanda pardon de l'avoir *tuée*. Hélas! s'écrioit-il piteusement, voilà pourtant la premiere fois que cela m'arrive! Enfin il se releva d'un air réfléchi, alla droit à sa cuve, les bras croisés, & s'y insinua tout doucement la tête la premiere. On l'en retira au bout de treize secondes, il étoit deja mort & noyé. — Ah! docteur, la belle & longue histoire! — Je ne la sais pas, monsieur, c'est la *traduction* du pays. Mais apprenez les suites. La justice indignée, prit connoissance de l'affaire. Elle s'empara du corps de Lucas, qui, très-heureusement pour lui, n'avoit pluz d'ame; elle le fit pendre par les pieds. On rasa la ferme, & le terrein fut mis à l'encan. Celui qui l'acheta s'en trouva mal; il n'osa jamais habiter ce petit corps de logis, & la raison la voici: tous les ans, dans le temps des vendanges, quelquefois plus tard, il se fait ici un changement affreux. La nuit vient, le ciel *pâlit*, la terre *frissonne*, les éléments *sont en convulsion*, le corps de logis saute sur ses fondements, le toit semble danser, les murs paroissent rouges de sang ou de vin. Il se fait dans l'intérieur un horrible charivari. On croit entendre le cliquetis des assiettes & le choc des brocs, on croit entendre les gémissements d'une morte & les cris d'un noyé ! — Ah ! M. Desprez, la belle histoire ! Ah ! je vous en supplie, ne la contez plus à personne ; réservez-m'en l'exclusive propriété ; je veux, quand je serai de retour à Paris, en faire pour l'opéra comique un joli drame bien réjouissant. J'aurai soin, pour satisfaire tout le monde, d'intercaller dans chaque scene deux ou trois ariettes, en vers presque rimés ; je retiendrai votre maniere, M. Desprez, & je n'écrirai pas plus mal que vous ne racontez. Si l'ouvrage est applaudi, s'il commence ma réputation, je tâcherai, chaque année, de traiter aussi heureusement deux ou trois sujets de cette force-là. Alors les musiciens, qui jugent toujours si bien, s'arracheront mes poëmes ; les comédiens, qui ne se trompent jamais, les proposeront pour modeles ; certain public, qui jamais ne s'engoue, demandera l'auteur avec un enthousiasme décent. Dans ce siecle de petits talents & de grands succès, mes chef-d'œuvres auront cent représentations, s'il le faut. Par-tout les sots crieront que je suis un grand homme ; & si je n'ai contre moi que les gens de lettres & les gens de goût, j'arriverai peut-être à l'académie.

Assurément ce projet étoit noble & vaste ; mais, comme on le verra par la suite, j'eus tant d'autres choses à faire quand je vins à Paris, que je ne pus m'occuper de son exécution.

L'épouvantable histoire du crédule docteur avoit-elle un peu dérangé mon cerveau ? C'est ce que va décider la belle dame, qui me lit ; je veux laisser à sa pénétrante sagacité quelque chose à faire ; je me bornerai donc à lui raconter naïvement ce que je crus sentir & voir le lendemain matin. Si vous êtes sensible, ou si vous l'avez été, madame, vous savez que de tous les chagrins, ceux du cœur sont les plus amers ; vous savez que l'amour, s'il nous donne quelquefois de très-heureuses nuits, nous en fait quelquefois aussi passer de très-mauvaises. Trop souvent peut-être il vous arrive de ne pouvoir vous endormir tout de suite, parce que le soir une belle dame, seule entre deux draps, se recueille & réfléchit. En ce moment toujours critique, madame, vous vous rappellez sans doute avec plus d'amertume les torts d'un ingrat, ou vous partagez avec plus de vivacité l'impatience d'un absent. Et quand depuis minuit jusqu'à quatre ou cinq heures du matin vous êtes demeurée en proie à vos tendres tribulations, la nature qui veut que le lendemain encore vous ayez les yeux vifs & le teint frais, la bienfaisante nature vous envoie le ſommeil réparateur. Alors, belle dame, n'en rougiſſez point & convenez-en, celui qui tourmentoit vos veilles, vient embellir vos ſonges. Hé bien, voilà préciſément ce qui m'arriva. Vous me repréſentez qu'il n'y a rien de merveilleux à tout cela, je l'avoue ; mais attendez donc. Dans un rêve qui dura deux heures à peu près, je vis preſque continuellement ma jolie couſine. La marquiſe de B*** ſe préſenta cinq à ſix fois dans les intervalles ; & ſeulement une fois. ... Ne me grondez pas, belle dame.... une fois ſeulement je crus entrevoir cette charmante petite créature chiffonnée, dont je vous ai parlé dans ma premiere année, cette ingrate Juſtine, vous ſavez bien?... Je ne ſaurois vous dire laquelle de ces trois beautés m'embraſſa ; mais ce que je puis vour certifier, c'eſt que je fus embraſſé ; je le fus, madame, & ſi bien, ſi bien, que je n'aurois pu l'être mieux par toutes les trois enſemble ! je me réveillai en ſurſaut, le jour commençoit à poindre. D'honneur, belle dame, je ſentois ſur ma levre brûlante la vive impreſſion de cet *âcre* (1) baiſer ! mes rideaux de toile d'orange s'agitoient avec un doux frémiſſement ! il ſe faiſoit dans mon appartement un petit bruit aigu... Je me jette en bas de

(1) Depuis un quart-d'heure je cherchois l'épithete convenable : ô Jean-Jacques, je te remercie !

mon lit, en trois sauts je fais le tour de ma chambre qui n'est ni très-longue, ni très-large... Il n'y a personne, tout est bien fermé, bien tranquille. Je suis donc fou? L'amour & les revenants m'ont donc tourné la tête? Madame, qu'en pensez-vous?... Oh! si vous êtes laide & vieille, vous trouvez mes folies bien impertinentes; mais vous en riez si vous êtes jeune & jolie.

Quand MM. de Belcour & Desprez entrerent chez moi, j'étois encore si affecté du baiser reçu, que je leur racontai qu'un revenant m'avoit embrassé. Mon pere sourit & augura sur le champ mon entier rétablissement. Le docteur parut enchanté, & cependant me conseilla quelques rafraîchissants.

Ceux qui ne croient point aux esprits, seront bien étonnés d'apprendre que le surlendemain je fus réveillé comme je l'avois été la surveille: j'éprouvai la même sensation, j'entendis le même bruit; je fis dans ma chambre des recherches plus exactes & non moins inutiles; il fallut en conclure qu'avec mes forces étoit déja revenue mon ardente imagination.

O ma Sophie! depuis plusieurs jours je supportois plus impatiemment l'incertitude de ton sort & le tourment de ton absence; je ne cessois de presser mon retour à Paris. Malheureusement mon pere venoit de recevoir des nouvelles fâcheuses qui sembloient apporter à l'accompliſſement de mes vœux d'inſurmontables difficultés. On ne parloit dans la capitale que de mon aventure & du duel qui l'avoit terminée. Des deux parents du marquis, celui contre lequel M. du Portail s'étoit battu, avoit été tué. On le regrettoit généralement; ſes amis puiſſants & nombreux faiſoient contre nous de vives ſollicitations. Je ne pouvois me montrer dans la capitale ſans m'expoſer à porter ma tête ſur un échafaud. M. de Belcour paroiſſoit effrayé du danger que je ſentois moi-même, & qui pourtant ne m'eût pas arrêté, s'il n'eût fallu que le braver pour retrouver Sophie; mais avant d'aller affronter le péril, au moins devois-je ſavoir en quel lieu gémiſſoit ma femme infortunée. Réduit moi-même à ne pas ſortir de la maiſon que nous occupions, j'allois toute la journée promener dans le jardin ma douleur & mes ennuis.

Un ſoir en me déshabillant, je trouvai dans mon bonnet de nuit un billet ſoigneuſement plié; pour adreſſe étoient écrits ces mots : *Noival, renvoie ton domeſtique & lis.* Je renvoyai Jaſmin & je lus :

« S'il eſt vrai que le chevalier de Faublas ne craigne pas les revenants, qu'il » brûle ce billet & qu'il garde cette nuit » un profond ſilence, quoi qu'il lui arrive. » Voilà, m'écriai-je aſſez haut, une petite plaiſanterie du cher docteur. Je brûlai le mystérieux papier, j'éteignis ma lumiere, je me couchai & je m'endormis.

Ce ne fut pas pour long-temps. Mon premier sommeil, quoique profond, ne devoit pas résister à l'impression accoutumée de ce baiser si vif qui brûloit mes levres & faisoit palpiter mon cœur. Pour cette fois un songe vain ne m'abusoit plus, ce n'étoit plus une ombre fugitive qui m'embrassoit; dans mon lit même, & bientôt dans mes bras, se trouvoit un corps bien vivant dont le voluptueux contact... Mais doucement donc, étourdi que je suis! j'allois conter tout cela à cette jeune dame, qui déja se trouble & rougit.

Madame, c'est votre faute aussi. Depuis plus d'un quart d'heure vous feuilletez indiscrétement ce petit livre; tenez, donnez-le à M. l'abbé, qu'aussi bien cela impatiente, & priez-le de vous lire à mi-voix le passage effrayant. Vous, pendant ce temps-là, belle dame, cherchez sur votre toilette un colifichet nécessaire, murmurez à votre femme de chambre deux ou trois plaintes inutiles, essayez devant votre petit miroir quelques grimaces minaudieres, parlez tout bas à la petite Rosette la chienne chérie, n'ayez pas l'air d'entendre une syllabe de ce qu'on vous lit, & cependant n'en perdez pas un mot.

Hé bien, vous, monsieur l'abbé, que faites-vous donc? — Monsieur le chevalier, je cherche l'endroit. — De l'autre côté, monſieur, page 39, ligne 12, dont le voluptueux contact ! — Ah ! dont le voluptueux contact, monſieur le chevalier, j'y ſuis. — Hé bien, monſieur l'abbé, finiſſez la phraſe ; vous ne voulez pas ? ni moi non plus. Commencez-en une autre.

Auſſi-tôt je me ſentis, non pas bruſquement ſaiſi, mais mollement attiré par une charmante petite main.... que je baiſai, monſieur l'abbé, ne vous en déplaiſe. — Et vous fîtes mal, monſieur le chevalier ; loin de l'épouſe qu'il adore, un fidele époux bien déſolé ne doit baiſer la main de perſonne. — Ha, ha ! monſieur, & que vouliez-vous donc que je fiſſe de cette main-là ? — Il falloit, monſieur, la repouſſer bien promptement, vous jeter hors du lit, appeller du monde, faire apporter des flambeaux ! — Oui ! & tout cela pour déſeſpérer & compromettre une femme ! & de peur de faire à la mienne une infidélité paſſagere qu'elle devoit ignorer toujours ! — Monſieur le chevalier, la fidélité conjugale.... — A tort, quand elle impoſe des loix impoſſibles, monſieur l'abbé. Sans doute j'avois réſolu de n'aimer que Sophie ; mais puis-je ordonner les événements ? Et pourvu que je ne les prépare pas, qu'a-t-on à me dire ? Ne pas chercher l'occaſion, ſoit ; l'éviter quand ella va s'offrir, paſſe encore ; mais la repouſſer quand elle preſſe ! Vous qui parlez, l'auriez-vous fait ? — Sans doute. — Sans doute ! Mais d'où vient donc ce jeune abbé-là ? Eſt-il tout fraîchement ſorti du ſéminaire ? Comment ! de l'hypocriſie ? Et vous, madame, qui vous êtes chargée de ſon éducation, vous ſouffrez cela ! en vérité, vous n'y ſongez pas ! On ſait maintenant qu'un abbé n'eſt pas plus ſcrupuleux qu'un colonel ; mais cela ne ſuffit point, il faut encore qu'il ne paroiſſe pas moins effronté qu'un page. Allez, petit rigoriſte de boudoir, je ne crois point à vos délicateſſes affectées. Si vous vous étiez trouvé où je me trouvois, vous auriez fait ce que je fis ; mille appas ſéducteurs ne vous auroient pas été vainement offerts ; comme moi vous auriez promené ſur tant de charmes une main careſſante & curieuſe ; enchanté du réſultat de vos recherches, comme moi vous auriez dit poliment, & bien bas de peur que votre domeſtique ne vous entendît dans la piece voiſine : Charmant revenant, que vos formes ſont belles, & que vous avez la peau douce !

Oh, oh ! monſieur l'abbé, comme vous liſez bien cela ! quelle vivacité ! quelle chaleur ! d'honneur je craindrois de vous échauffer trop, je n'en dirai pas davantage. Un homme de grand ſens m'a repréſenté qu'en pareil cas il ne falloit pas tout conter ; que de toutes manieres on gagnoit toujours beaucoup à laiſſer travailler l'imagination du lecteur, sur-tout quand ce lecteur étoit un abbé de cour, ou une femme de qualité. Belle dame, reprenez le livre hardiment. Seulement je prendrai la liberté de vous faire remarquer, le plus décemment possible, que dans cette lutte nocturne un convalescent ne devoit pas être vainqueur. Ne vous étonnez donc pas d'apprendre que mon aimable adversaire, eut très-promptement l'honneur de ma défaite. Encore si le revenant moins taciturne avoit bien voulu causer familiérement avec moi; mais il s'obstinoit à ne pas répondre un mot. C'étoit un sûr moyen de me rendormir, moi qui, comme tant d'autres, aime assez à parler quand je n'ai rien à faire.

Lorsque je rouvris les yeux, le jour venoit de paroître, & j'étois seul dans ma chambre. J'y recommençai mes perquisitions, déja plusieurs fois inutilement faites. Mes deux portes & mes quatre fenêtres se trouvoient bien exactement fermées; aucune fausse porte n'étoit pratiquée dans les murs; il n'y avoit point de trappes au plancher, point de coupures au plafond. Par où donc le revenant femelle pénétroit-il chez moi? Le cher docteur n'avoit ni femme ni fille; la maison n'étoit habitée que par des hommes. D'où venoit donc l'esprit tentateur dont le sexe m'étoit bien connu? Lisette voyageoit-elle de l'autre monde dans celui-ci pour se venger du pauvre Lucas ? Une fermiere dans mes bras ! fi donc ! j'aimois mieux me croire le *Titon* rajeuni de la timide Aurore, ou le moderne *Endimion* de quelque fiere déesse humanisée. O ma Sophie ! de tout temps peut-être il étoit écrit, que ton époux prédestiné ne pourroit seulement pendant trois semaines te demeurer fidele; mais au moins l'encens qui t'appartenoit ne devoit brûler que pour une divinité !

Je fus bien aise de consulter sur cette aventure le comte de Rosambert, dont il étoit bien étonnant que je ne reçusse aucune nouvelle directe. La lettre que je lui écrivis avoit trois grandes pages. En vérité, dans les deux premieres, il n'étoit question que de ma Sophie; j'avois resserré dans la troisieme l'inconcevable histoire du joli revenant.

Je l'attendois la nuit suivante, il ne revint que la huitieme nuit. Pressé du vif desir de connoître la nocturne beauté qui me visitoit, je lui demandai comment elle s'appelloit, car nymphe ou déesse, elle avoit un nom; depuis quand elle m'aimoit, car sans fatuité je pouvois me flatter de lui avoir plu; dans quel endroit elle m'avoit rencontré, car elle me traitoit au moins comme connoissance. Ces questions & plusieurs autres moins embarrassantes ne me valurent aucune réponse. Alors de tous les moyens connus de faire jaſer une femme, j'employai le plus déciſif ; mais le malin démon femelle, avec une préſence d'eſprit imperturbable, épuiſa toutes mes reſſources, ſans ſe permettre même une exclamation. Je m'obſtinois d'autant plus, que ce ſilence impoli devenoit, par la circonſtance, une ingratitude ; cette fois je me comportois aſſez bien pour obtenir un remerciement. Tous mes efforts furent inutiles, je vis avec chagrin que les femmes de l'autre monde, quoique très-ſenſibles aux bons procédés, n'ont pas, dans les occaſions intéreſſantes, le tendre bavardage, le jargon careſſant de la plupart des femmes de ce monde-ci.

Ennemie du jour délateur, ma diſcrette amante n'attendit pas chez moi le lever de l'aurore. Quand je l'entendis préparer ſon départ, j'eſſayai de la retenir ; mais elle poſa ſur ma bouche l'index de ſa main droite, ſur mon cœur ſa main gauche, ſur mon front deux baiſers ; & puis m'échappant avec un ſoupir, elle s'en alla preſtement, je ne ſais par où. Seulement je crus diſtinguer le craquement d'un mur qui s'ouvroit, & l'aigu ſifflement d'un gond criard. Apparemment j'avois mal entendu, car je viſitai mes quatre murailles dès qu'il fit jour, & le ſimple papier qui les tapiſſoit, bien uni dans ſa ſurface, ne m'offrit aucune trace de déchirement ; mes portes & mes fenêtres étoient bien exactement fermées.

Le même soir, je trouvai dans mon bonnet de nuit un second billet : « Je » reviendrai dans la nuit du dimanche au » lundi, si le chevalier de Faublas me » promet foi de gentilhomme, de ne faire » aucunes tentatives pour me retenir. » Qu'il me réponde par le même courier. » — Ah ! j'entends le courier, c'est mon bonnet de nuit ! Le lendemain mon docile commissionnaire fut chargé de mes courtes dépêches, qui contenoient la promesse qu'on exigeoit de moi.

Il vint enfin ce dimanche, peut-être impatiemment attendu ! Bientôt elle alloit m'environner de ses ombres perfides, cette nuit si remarquable dans l'histoire de ma vie ! Jasmin, qui depuis le dîner s'étoit absenté, revint sur la brune. Dès qu'il me vit seul, il m'apprit la nouvelle imprévue de l'arrivée de Rosambert : le comte s'étoit arrêté à Luxembourg, d'où il avoit secrétement dépêché vers Jasmin, pour de grandes raisons qu'il me diroit lui-même ; il ne pouvoit venir à *Holriff* qu'une heure avant minuit ; il importoit extrêmement que personne ne le vît entrer dans la maison, j'étois donc instamment prié de lui ouvrir moi-même, à onze heures précises, la petite porte du jardin.

Je suivis ponctuellement mes instructions. M. de Belcour, fâché que je le quittasse plutôt qu'à l'ordinaire, en fit la remarque. M. Desprez répondit par une plaisanterie, dont je ne fus pas d'abord aussi frappé que par la suite : laissez aller ce convalescent, dit-il à mon pere, il a sans doute avec les esprits quelque commerce qu'il n'avoue pas.

Au lieu de monter chez moi, je me glissai doucement dans le jardin. Rosambert m'attendoit à la petite porte. Oh! bon soir, mon ami, où est ma Sophie? Qu'est devenue la marquise? Avez-vous des nouvelles de son pere? Son mari vit-il encore? Comment se porte ma sœur? Que dit-on de ce duel? Que pensez-vous de cet inconnu? Que vous semble de ce revenant? Pourquoi ne m'avez-vous pas écrit? Comment vous portez-vous? — Eh! de Noirval, un moment donc! que de vivacité! quelle impatience! vous ressemblez beaucoup à ce petit chevalier de Faublas dont on parle tant dans Paris! D'abord asseyons-nous sur ce banc, & permettez-moi d'apporter dans mes réponses un peu plus d'ordre que vous n'en avez mis dans vos questions. Mes vigilants émissaires ont vu monsieur du Portail à Paris; ils suivront ses traces jusqu'à ce qu'ils aient découvert la retraite de sa fille; on nous en rendra bon compte. — O ma Sophie, je te reverrai! — Doucement, mon ami, ne m'étouffez pas. Madame de B*** eſt apparemment dans une de ſes terres, on ne la rencontre ni à la cour, ni à la ville — Pauvre marquiſe ! je ne la reverrai plus ! Peut-être, ne vous chagrinez pas..... Le marquis, dont la bleſſure n'eſt pas jugée mortelle, ne deſire ſa guériſon que pour vous aller chercher en quelque lieu que vous ſoyez. Faublas, il aſſure qu'il vous reconnoîtra par tout. — Roſambert, on ne ſait pas où elle eſt ? — Apparemment dans une de ſes terres, mon ami. — Oui, madame de B***. Mais Sophie ? — Ah ! dans Paris très-probablement. — Mon ami, croyez-vous que le marquis ſoit homme à lui pardonner ? — Pardonner à la marquiſe ! Eh ! pourquoi pas ? L'aventure n'eſt pas commune, j'en conviens, mais le mal eſt ordinaire. Ce n'eſt donc qu'un peu plus de bruit ! Oh ! la marquiſe eſt femme à lui faire entendre raiſon là-deſſus. — Roſambert, dites ſans me flatter, penſez-vous qu'on puiſſe le forcer à me la rendre ? — Comment forcer le marquis à vous rendre ſa femme ? — Eh ! non, mon ami, c'eſt de la mienne & de ſon pere que je vous parle. — Monſieur du Portail ! il n'y a pas de doute, on l'y forcera très-certainement. — Je ne la reverrai plus ! je ne la reverrai plus ! — Au contraire, puiſqu'il ſera contraint de vous la rendre, vous la reverrez. — Ah ! mon ami, je penſois à cette femme ſi malheu-

reuſe... — Ah ! mon ami vous êtes toujours le même ; le mariage ne vous a pas changé... Mais permettez qu'à mon tour je vous faſſe quelques queſtions. D'abord je vois que vous êtes à peu près rétabli. Oh ! l'eſpérance de revoir bientôt ma Sophie.... — Oui, oui, ma Sophie ! *& puis cette femme ſi malheureuſe.... ?* — La marquiſe ? je vous aſſure que mon intention n'eſt pas de l'aller chercher. Il eſt vrai que par fois je me ſurprends m'occupant d'elle, mais c'eſt que.... — Sans doute, chevalier, je vous entends ; c'eſt qu'on n'eſt pas maître de cela. Malgré lui, un jeune homme bien né ſe rappelle les bons procédés d'une femme jeune & belle qui a formé ſon adoleſcence. — Roſambert, toujours vous plaiſantez ! Dites-moi, ... auriez-vous par haſard entendu parler de cette petite Juſtine ?.... — Quoi ! la femme de chambre auſſi vous tient au cœur ! Ah ! c'eſt que vous l'avez formée celle-là. Mais vous m'avez dit, ce me ſemble, que la jeuneſſe ? .... — Allons, Roſambert, pour cette fois j'ai tort, ne parlons pas de cela. — Non, mon cher Faublas, parlons de ce revenant.... — Oui, Roſambert, comment le trouvez-vous mon revenant ? N'eſt-elle pas ſinguliere cette femme qui jamais ne dit mot & toujours ſe comporte à merveille ? N'eſt-il pas drôle ce petit démon qui entre chez moi, je ne ne ſais pas où. —
Faublas,

Faublas, il vous visite toutes les nuits? — Non. — Non! — Mais tenez, justement je l'attends celle-ci. — Ah! tant mieux, nous éclaircirons le doux mystere! Nous saurons.... Mais je me suis amusé à écrire dans cette auberge au lieu d'y souper. Chevalier, j'ai faim. — Attendez, je vais avertir Jasmin.... — Faire du bruit dans la maison! gardez-vous-en bien. Tenez, je crois que ma chaise de poste n'est pas encore partie, j'y dois avoir quelque chose; quand je fais route, j'emporte toujours des provisions.

Il me quitta, & rapporta un moment après une moitié de poularde avec une bouteille de vin; j'ai pris deux verres, me dit-il, parce que vous souperez avec moi... Ici, ici, dans ce jardin, chevalier, nous avons à causer, & votre chambre n'est pas sûre. D'abord nous boirons à la santé d'Adélaïde, dont vous ne m'avez parlé qu'une fois. — Ah! ma chere sœur! je l'aime pourtant beaucoup! Comment se porte-t-elle? — Bien, très-bien, toujours plus charmante! Je n'ai pu résister au desir de l'aller voir une derniere fois avant de quitter la France. L'aimable enfant! comme sa douleur l'embellissoit! comme elle souffre de ne voir ni son pere, ni son frere, ni sa bonne amie! Faublas, buvons à sa santé, buvons, mon ami, je sais que ce n'est pas du bon ton; mais nous sommes à la campagne, & puis des voyageurs!... Tenez; prenez un morceau; je ne puis ſouper ſeul, vous le ſavez bien. — Roſambert, je ſuis charmé de vous voir ici.... Mais à quoi bon dans ce jardin? Pourquoi ce myſtere? — Parce que je n'aurois pu vous entretenir en particulier; parce que le baron, qui a déja intercepté les lettres que je vous écrivois, ſe ſeroit d'abord emparé de moi; parce qu'il m'auroit ſans doute prié d'altérer, ſelon ſes vues, les nouvelles que j'apporte. — Vous avez raiſon. — Et puis ce revenant.... croyez-vous qu'il ne m'occupe pas?... Faublas, à la ſanté de Sophie. — Mon ami, depuis plus d'un mois je ne bois plus de vin; vous allez me griſer! — A la ſanté de Sophie, vous ne pouvez vous en diſpenſer. — Allons, va pour Sophie! Oh! ma jolie couſine, ce ne ſera pas la premiere fois que tu m'auras fait perdre la raiſon!

Roſambert, voilà du vin terriblement fort, il me caſſe la tête! Roſambert, que penſez-vous de cet inconnu, qui pendant la cérémonie... — Ma foi, je ne ſais qu'en dire. Parlons de votre nouvelle amante, de cette nocturne beauté qui vous aime avec tant de diſcrétion. Faublas, la croyez-vous jolie?... — Belle, mon ami. — Une femme qui fuit le jour!... — Oh! belle, j'en ſuis ſûr. — Allons, il eſt encore amoureux de celle-là! — Amoureux!... Non,

— Faublas, je parie, moi, qu'elle eſt laide ! — Cent louis qu'elle eſt charmante ! — Va, cent louis ſur parole. — Comte, voilà qui eſt dit.... Ah ça, mais comment ferai-je pour la voir?... Et puis vous vous en rapporterez donc à moi ? — Volontiers, s'il le faut. Mais croyez-vous que je ſois moins curieux que vous de connoître.... Depuis que vous m'avez écrit votre aventure, je brûle du deſir de contribuer à la mettre à fin. Preux chevalier, votre frere d'armes eſt avec vous, permettez qu'il vous aide !... Faublas, nous allons monter chez vous ſans lumiere & ſans bruit. Vous vous coucherez vîte, & ne direz pas un mot. Moi, je reſterai caché dans votre ruelle. Je ſuis muni d'une lanterne ſourde, que je ferai valoir à propos ; & ſi le revenant n'eſt pas ſorcier, nous verrons quelle figure il a. Chevalier, encore une ſanté ! vous avez oublié quelqu'un. — Ah ! oui. La belle marquiſe. — Fidele époux, je ſavois bien qu'il ne faudroit pas vous la nommer. Allons, deux doigts de vin pour la marquiſe. — Vous vous mocquez, mon ami... charmante femme !... verſez tout plein.

Maintenant que de ſang froid je me rappelle & je vous confeſſe cette *indélicate* exclamation, mon aimable lectrice juſtement irritée je ne vois qu'un moyen de vous calmer un peu, c'eſt de réclamer toute votre indulgence pour un convaleſcent que les ſantés précédentes avoient déja mis en gaieté.

Celle-ci m'acheva, je tombai tout-à-coup dans le délire de l'ivreſſe. Déja chaque objet me paroiſſoit déplacé, mobile & double. Je parlois ſans me faire entendre; ou plutôt je bégayois au lieu de parler. Bientôt rêveur & peſant, je perdis ma joie babillarde, mon corps s'affaiſa, mes paupieres s'appeſantirent; l'invincible ſommeil alloit fermer mes yeux. Roſambert qui s'en apperçut, me pria de le conduire à ma chambre, non ſans me répéter pluſieurs fois qu'il ne falloit pas faire le moindre bruit, & ſur-tout garder un exact ſilence. Il recommanda à Jaſmin, qui attendoit mes ordres dans le jardin, de ſe retirer ſans lumiere & ſans bruit. Nous arrivâmes, éclairés ſeulement par la lanterne ſourde, que nous laiſsâmes dans le corridor. Comme j'entrois à tâtons, ſoutenu par Roſambert, je rencontrai dans mon chemin une chaiſe longue ſur laquelle le comte m'étendit, afin, me diſoit-il tout bas, de me déshabiller avec plus de facilité. Prudemment je laiſſois faire mon nouveau valet de chambre; mais il s'acquittoit de ſon emploi avec tant de lenteur & de mal-adreſſe, qu'en attendant qu'il lui plût de finir, je tombai dans un aſſoupiſſement profond.

M. l'abbé, reprenez le livre. Quoique le récit que je ſuis obligé de vous faire ne soit pas très-gai, je crains d'alarmer, sans le vouloir, votre innocente amie, dont la pudeur est si prompte à s'effaroucher.

Une heure de sommeil ayant abattu les fumées du vin capiteux qui m'avoit ôté la raison, je fus éveillé par un bruyant éclat de rire : enfin, s'écria Rosambert, me voilà complétement vengé ; je veux qu'on m'assomme si ce n'est pas elle! Au même instant j'entendis un gémissement sourd, suivi d'un grand soupir. Je me trouvois encore sur ma chaise longue, placée de maniere qu'à travers une porte entrebâillée, j'appercevois au fond du corridor la foible lueur de la lanterne sourde. Aussi-tôt déterminé par l'inquiétude autant que par la curiosité, je cours dans ce corridor & rentre brusquement la lanterne à la main. Je promene sur les objets environnants sa lumiere tremblante : je vois.... Hélas! aujourd'hui même, comment le raconter sans en gémir?... Je vois sur mon lit dont il s'étoit emparé, à ma place qu'il usurpoit, Rosambert à peu près nud, tenant étroitement embrassée, dans la moins équivoque des situations, une femme..... O Mad. de B***, que vous me parûtes belle encore, quoique vous fussiez évanouie!

Le comte, dès qu'il put croire qu'aucun détail de cette cruelle pantomime ne m'étoit échappé, abandonna sa victime, & reprenant ses habits à la hâte, il me dit en riant : adieu, Faublas, je vous laisse avec cette belle désolée, je crois que vous allez avoir une singuliere explication ! Persuadez-lui, si vous le pouvez, que vous n'étiez pas d'accord avec Rosambert. Adieu, ma chaise de poste m'attend, je retourne à Luxembourg, demain je vous donnerai de mes nouvelles.

Le cruel discours de Rosambert ne m'indigna pas moins que son horrible action : dans le premier mouvement de ma fureur, j'allois sauter sur mon épée, & le forcer à me faire raison de son infame procédé, lorsque Mad. de B*** se releva tout-à-coup, me saisit par le bras, & me retint.

Rosambert eut tout le temps de s'éloigner ; la marquise alors prit ma main aussitôt couverte de baisers & baignée de larmes : oh ! de quel poids je me sens soulagée, me dit-elle ! oh ! qu'il m'a été consolant d'entendre que vous ne participiez point à cette infamie !

Mad. de B*** vouloit continuer ; mais son extrême agitation ne le lui permit pas. Elle sanglota long-temps, sans pouvoir me dire un mot, puis redoublant de pénibles efforts, d'une voix entrecoupée, elle reprit :

Faublas, si vous aviez été capable de me livrer à cet indigne homme, si vous m'aviez à ce point méprisée, plus grande que tous mes revers ma derniere infortune eût entraîné ma mort. Mon ami, je ſens qu'il m'eſt poſſible de vivre, & de n'être pas tout-à-fait inconſolable, puiſque, dans mon aviliſſement profond, je puis encore eſpérer votre eſtime; puiſque, dans mon malheur extrême, je dois au moins compter ſur votre pitié. — Si, pour adoucir votre peine amere, il ſuffit de la partager, ma chere maman, mon aimable amie... — Que je ſuis malheureuſe! — Et que je vous plains! — Comme le perfide, aidé par un haſard fatal, s'eſt joué de ma vaine prudence! comme un inſtant a renverſé mes projets les plus sûrs, & détruit mon plus cher eſpoir!

A ces mots la marquiſe laiſſa retomber ſa tête ſur mon oreiller; ſes bras s'étendirent immobiles, ſon regard ſe fixa, ſes pleurs s'arrêterent. Inſenſible à mes ſoins ſecourables, ſourde à mes diſcours conſolateurs, elle paroiſſoit dans le recueillement du déſeſpoir ſe pénétrer de l'horreur de ſa ſituation. Elle garda pendant plus d'un quart-d'heure cet effrayant ſilence; puis, d'un ton qui me parut calme, elle me dit enfin: tranquilliſez-vous, mon ami, aſſeyez-vous auprès de moi, ne craignez rien, donnez-moi toute votre attention; je vais me montrer à vous toute entiere, & quand je vous aurai dit quels vains projets j'avois formés, & quelles immuables résolutions je viens de prendre, vous saurez précisément jusqu'à quel point vous devez me plaindre & me blâmer.

M. de B*** venoit de vous rencontrer aux Tuileries. Il entre chez moi furieux, devant vingt personnes il me reproche ses outrages récents, & m'annonce sa prochaine vengeance. Etonnée du cruel abandon où vous me laissez dans un moment également fatal à mon amour & à mon honneur, je suis forcée de me dire qu'un intérêt plus pressant, qu'un objet plus cher vous occupe. Justine va plusieurs fois chez vous, & ne vous trouve pas. Alors je charge Dumont, le plus ancien & le plus affidé de mes serviteurs, celui-là même qui fait ici le personnage de Desprez, je le charge, dis-je, d'aller vous attendre aux environs du couvent qui renferme Mlle. de Pontis, & d'éclairer vos démarches jusqu'au lendemain. Dumont vous voit entrer au couvent, attend que vous en sortiez, vous suit sur le champ de bataille, & sur la route jusqu'à *Jalons*, où il perd vos traces. Il ne revient pas assez tôt pour être le premier qui m'apprenne deux enlevements, dont le bruit s'est déja confirmé dans tout Paris.

Dumont, à son retour, trouve mes dispositions déja faites. J'ai rassemblé mon or, mes bijoux, quelques effets de banque; je me suis revêtue d'un uniforme bleu, que vous ne me connoiſſez pas, & moi-même je vole à Jalons. Tandis que j'y queſtionne le maître de poſte, arrive un homme que je reconnois, & qui, ſans le vouloir, va m'indiquer votre retraite. C'étoit Jaſmin qui conduiſoit une chaiſe de poſte (1), je le ſuis toujours à quelque diſtance, & comme lui j'arrive à Luxembourg vingt-quatre heures après vous; on me dit qu'il ſe fait dans la ville un grand mariage, qu'un jeune homme qui traînoit à ſa ſuite une fille enlevée... C'en eſt aſſez, je n'écoute plus rien, je cours au temple, je me précipite... On venoit de vous unir!.... Un cri m'échappe, & ſoudain raſſemblant mes forces, je me dérobe à votre vue; trop heureuſe de pouvoir fuir, je fuis ſans ſavoir où; bientôt l'amour plus fort me ramene à Luxembourg; il me dit qu'il faut au moins ſavoir ce que vous deviendrez. Faublas, en vérité, la joie que je reſſentis en apprenant que ma rivale vous étoit arrachée, fut moins vive que l'inquiétude où me jeta le dangereux délire dont on vous diſoit atteint. Animée du double deſir de veiller ſur les jours de mon amant, & de le conſerver pour moi, pour moi ſeule, je bâtis auſſi-tôt mon plan.

(1) Celle que M. du Portail & moi nous avions laiſſée à Vivray, pour courir à franc étrier ſur les traces de Sophie.

Dumont m'accompagnoit, nous parcourûmes les environs de Luxembourg. Sous le nom de Desprez, Dumont loua cette maison. Dans le pavillon que je vous destinois, je fis promptement quelques changements nécessaires à l'exécution de mes desseins. La marquise de B***, déterminée à tout souffrir pourvu qu'elle ne vous perdît pas, alla s'enfermer dans un misérable grenier de l'autre corps de logis.

Votre pere vous fit conduire ici ; j'eus le plaisir de loger avec mon amant presque sous le même toit, de le voir sous mes yeux revenir à la vie, d'aller quelquefois, dans le silence des nuits, respirer son haleine & sentir palpiter son cœur.... Sans doute j'aurois dû, pour m'enivrer d'un bonheur plus grand encore, attendre que sa convalescence fût plus affermie ; mais le moyen de résister sans cesse au charme de ta présence ! le moyen de combattre des desirs toujours renaissants ! ... Eh ! de quoi lui parlé-je ? ... Faublas, l'instant approchoit où mes desseins alloient s'accomplir. Dans trois jours je déchirois le voile presque magique dont je m'étois enveloppée ; dans trois jours je me découvrois sans mystere. Je vous montrois la marquise de B***, songeant à peine à son rang perdu pour vous ; & ne desirant autre chose que de vous donner des jours heureux dans quelque retraite ignorée. Si mon amant, ſavoit m'entendre, je lui gardois encore un ſort digne d'envie ! ... Si l'ingrat m'oſoit réſiſter .... chevalier, mon parti étoit pris, je vous enlevois malgré vous, malgré vous je vous conduiſois... Que ſais-je ? peut-être au bout du monde ! Oui, j'aurois mis l'immenſité des mers entre mon perfide amant & ma rivale préférée.

La marquiſe d'abord calme, enſuite attendrie, maintenant exaltée, mit dans ces derniers mots une expreſſion ſi forte, que je ne pus retenir quelques ſignes d'étonnement qu'elle remarqua.

Raſſurez-vous, me dit-elle, vous êtes déſormais libre, & me voilà pour toujours enchaînée. Il eſt paſſé pour moi le temps des paſſions tendres !.. Je ne dois maintenant éprouver que la plus impétueuſe, la plus implacable de toutes... L'amour s'enfuit chaſſé par l'opprobre : comment en effet remettre en vos bras une femme à vos yeux flétrie, avilie à ſes propres yeux ?.. Amenée par le malheur, excitée par la plus lâche des trahiſons, la vengeance, l'horrible vengeance s'empare de mon cœur déja rongé de ſon fiel empoiſonné... Faublas, j'aime à croire, & j'ai vu que vous ſeriez prêt à ſervir mon juſte reſſentiment ; mais Roſambert, dans ce combat dont le ſuccès ne ſeroit pas douteux, auroit encore à ſe glorifier de ſa chûte ; ſa vie perdue ſans honte, ſeroit une trop foible réparation de l'irréparable affront qu'il vient de me faire.... chevalier, son châtiment me regarde, & je vous le jure, j'accomplirai son châtiment !

Mad. de B***, le visage enflammé, l'œil furieux, s'exprimoit avec tant de rage, que je craignis pour elle les suites d'un état aussi violent. Mon infortunée maîtresse vit que j'allois l'interrompre, & se hâta de poursuivre :

Vous essaieriez en vain de changer ma résolution. Un lâche l'a rendue trop nécessaire pour qu'elle vous paroisse étonnante, ou pour que je m'arrête épouvantée des foibles dangers qu'elle entraîne... Hélas ! je n'ai plus rien à perdre. Le perfide vient de combler mon déshonneur, & de m'arracher mon amant ! Faublas, je vous le répete, je vous défends d'épouser ma querelle. Seule, je prétends la soutenir. Je serois désespérée qu'un autre m'enlevât le plaisir de la vengeance... On sait ce que peut une femme outragée ; on verra ce que peut une femme telle que moi. Oui, je le jure par mon amour flétri, par mon honneur perdu, un jour dans votre étonnement vous vous demanderez si quelqu'un au monde eût pu venger la marquise de B*** mieux qu'elle-même.

Elle garda quelque temps un morne silence. J'osai lui donner un baiser ; mes larmes se répandirent sur son sein découvert. Elle répara promptement son désordre qu'apparemment elle n'avoit point encore apperçu, & d'un ton moins agité, mais non moins douloureux, elle me dit :

Oh ! oui, prenez pitié de moi. J'ai besoin de consolations. Demain je vous quitte, demain nous allons nous séparer pour long-temps peut-être, je retourne à Paris... — A Paris ! — Oui, mon ami, ce ne fut point la crainte qui me chassa de la capitale. Ce n'étoit point pour me cacher que je volois à Luxembourg. Eh ! que n'ai-je pu, selon mes desirs, vous consacrer le reste de ma vie ! .. Je vais reprendre ma fortune & mon rang, puisqu'il ne m'est plus permis de vous en faire le sacrifice... Je retourne à Paris ; soyez tranquille sur mon sort ; quand une femme, qui n'est pas tout-à-fait sans esprit & sans attraits, ne s'étonne pas, reposez-vous sur elle du soin de ramener l'époux le plus justement aigri. Pour réussir dans cette entreprise délicate, il me reste à moi deux moyens dont le plus facile n'est pas le meilleur. Comme tant d'autres, je puis me borner à pallier ce que mon aventure a de trop humiliant pour l'amour-propre du tiers compromis, confesser ingénument tout le reste, & me servant du pouvoir que la beauté conserve encore sur celui qu'elle offensa, solliciter une grace qui ne me sera pas refusée. Mais ce parti toujours extrême, quelquefois bon à prendre dans le moment, offre pour l'avenir de trop grands inconvénients. Pour le repos de M. B*** lui-même, je ne veux point qu'il puisse jamais s'armer contre moi de mes propres aveux, me poursuivre éternellement de sa jalousie, me soupçonner d'avoir filé dix intrigues quand je n'ai eu qu'une passion, & peut-être me contester la légitime naissance du seul enfant que je lui ai donné. D'ailleurs, pourquoi demanderois-je humblement un pardon que je puis fiérement arracher? Non, non; j'aime mieux user de l'irrésistible ascendant qu'un esprit ferme a toujours sur un esprit foible. Je ne serai pas la premiere qu'on aura vue, forcée à des mensonges invraisemblables, nier hautement une infidélité prouvée. Peut-être me sera-t-il moins difficile que vous ne pourriez le croire, de faire entendre à M. de B***, que le chevalier de Faublas fut toujours pour moi Mlle. du Portail, & si je ne persuade pas le marquis, je tâcherai du moins de l'embarrasser de maniere à le laisser indécis.

Je sais bien que le public méchant, qui, loin de s'aveugler sur les torts véritables, est toujours prêt à en supposer, ne prend pas le change aussi aisément qu'un mari crédule. Je sais bien que je dois m'attendre à l'humiliante célébrité qui suit les aventures galantes, quand elles sont extraordinaires. Nos élégants presque beaux esprits vont me chansonner ; nos douairieres converties me déchireront. Dans les cercles, si j'ose y paroître, je me verrai l'objet des chuchottements affectés, des malins regards, des sarcasmes détournés, des plaisanteries équivoques. Il me faudra souffrir les airs impertinents de nos sots petits-maîtres, les froids mépris des prudes inexorables, les dédains concertés des prétendues femmes honnêtes, l'accueil confraternel des beautés les plus mal famées. Aux spectacles & dans les promenades publiques, si j'ai le courage de m'y montrer, la foule m'environnera ; un essaim de jeunes étourdis bourdonnant sans cesse autour de moi, murmurera : la voilà ! c'est elle ! ... Hé bien, Faublas, ce rôle si pénible, que plusieurs femmes de mon rang ont pris par choix, je le remplirai par nécessité. Comme elles peut-être hardie dans mon maintien, libre dans mes discours, stoïquement environnée de mon ignominie, je pourrai m'accoutumer à repousser la honte par l'effronterie, & le blâme par l'impudence.

Voilà donc à quel excès d'avilissement m'aura par degrés conduite une passion, criminelle si l'on veut, mais pourtant excusable à bien des égards. Ah ! puisqu'il est vrai que pour n'être jamais malheureuse, il faut toujours sévérement remplir ses devoirs, pourquoi nous en impose-t-on de si difficiles ?

Une fille qui s'ignore elle-même, tombe à quinze ans dans les bras d'un homme qu'elle ne connoît pas. Ses parents lui ont dit : la naissance, le rang & l'or constituent le bonheur ; tu ne peux manquer d'être heureuse, puisque sans cesser d'être noble tu deviens plus riche ; ton mari ne peut être qu'un homme de mérite, puisqu'il est homme de qualité. La jeune épouse trop tôt désabusée, ne trouve que ridicules & vices où elle attendoit talents agréables & qualités brillantes ; le luxe qui l'environne, les titres qui la décorent, offrent à ses ennuis des distractions bien insuffisantes, bien passageres. Déja peut-être ses yeux ont distingué, son cœur a senti le mortel aimable qui manque au bonheur de sa vie. Alors, si le maître impérieux qu'elle s'est donné prétend encore user quelquefois des droits de l'hymen ; s'il la soumet aux empressements repoussants de l'habitude & du besoin, l'infortunée victime, caressant jusques dans les bras d'un mari l'image de l'amant, gémira de prostituer à celui qui le profane un bien qu'un autre mériteroit sans doute, & sauroit mieux apprécier. L'époux volage au contraire, après l'avoir long-temps négligée, la laisse-t-il enfin dans un abandon total ? Il faudra qu'elle subisse les continuelles rigueurs d'un célibat prématuré, ou qu'elle s'expose aux plaisirs périlleux de l'union vivement souhaitée. Retenue par ses devoirs, mais dominée par son penchant ; tourmentée de plus d'une crainte, mais vivement sollicitée par l'amour, s'imposera-t-elle long-temps des privations pénibles sans aucun dédommagement ? Supposons qu'elle résiste, le hasard ne lui garde-t-il pas comme à moi quelque séduction toute puissante, quelque inévitable danger ? .. Malheureuse ! en un instant elle perdra le fruit de plusieurs années de combat, elle le perdra sans retour ; car après la premiere faute quelle femme peut s'arrêter ? Faublas, elle adorera celui qui la lui fit commettre. Rassurée par quelques précautions inutiles, elle négligera les plus nécessaires. Ses périls devenus plus imminents ne l'effraieront plus. Bientôt compromise par un événement imprévu, peut-être immolée par un lâche ennemi, elle perdra pour jamais l'objet cher à son cœur & se verra publiquement diffamée ! Voilà, mon ami, voilà quel est le sort des femmes dans cette France, où l'on prétend qu'elles regnent !

Ainsi je me vis sacrifiée, ainsi je combattis long-temps, ainsi je fus entraînée quand vous parûtes. Le lendemain de cette nuit si fatale & si douce, qui m'eût dit que je venois d'ouvrir sous mes pas un abîme au fond duquel m'attendoient la vengeance, l'opprobre & le désespoir ? ... Mon ami, je vous quitte, qu'allez-vous devenir ? Hélas ! vous brûlez de vous réunir à ma rivale fortunée. Ah ! puissiez-vous la rejoindre & lui demeurer toujours fidele ! que celle-là du moins ne soit pas malheureuse ! .. Faublas, je vous quitte, je vous laisse pour un temps, livré aux perfides insinuations de l'infame Rosambert. Gardez-vous de l'écouter, si mon souvenir vous est cher, si vous aimez Sophie ; mon ami, le comte vous perdroit, vous prendriez dans sa société le goût des occupations futiles & des plaisirs pernicieux ; il vous enseigneroit l'art détestable des séductions, des perfides noirceurs, des trahisons lâches... Peut-être il vous paroît étrange d'entendre Mad. de B*** vous moraliser ; mais c'est encore une de ces singularités que vous réservoient votre heureux destin & ma bizarre étoile. Faublas, je l'avoue, je ne vous verrois qu'avec le chagrin le plus vif, altérer au sein de l'oisiveté corruptrice & de la débauche avilissante, les dons précieux que vous prodigua la nature & que j'eus le bonheur de développer. Eh ! mon ami, tant d'hommes très-ordinaires savent corrompre des beautés qui ne demandent qu'à céder. Dès que tu le voudras, je le sais bien, tu l'emporteras sur eux tous, tu deviendras l'idole des femmes ! mais il te convient d'ambitionner des succès plus dignes d'un grand cœur. Un jeune homme tel que toi peut prétendre à tout & tout embrasser. Les sciences t'invitent, les lettres t'appellent, la gloire t'attend dans nos armées : descends dans la carriere & marche à pas de géant ; que tes ennemis se voient réduits au silence, que tes rivaux soient forcés à l'admiration. Tes premiers succès apporteront à ma douleur un premier adoucissement, les éloges que tu mériteras, je croirai les avoir obtenus ; l'estime qu'on aura pour toi me rendra l'estime de moi-même ; tes vertus justifieront mes foiblesses, ta gloire opérera ma réhabilitation ; un jour viendra qu'avec orgueil je pourrai dire par-tout : Oui, je l'avoue, je me suis déshonorée, mais c'étoit pour lui !

Mad. de B*** venoit de faire passer dans mon ame le noble enthousiasme dont la sienne étoit enflammée : entraîné par une force supérieure, j'allois me précipiter dans ses bras ; elle me retint.

Adieu, chevalier, dans tous les temps comptez sur moi. Je ne me souviendrai jamais sans attendrissement & sans reconnoissance, que si ma jeunesse, tourmentée de tant de peines cruelles, eut quelques beaux jours, ce fut à vous que je les dus tous. Mais ne vous abusez point sur la nature de mes sentiments : de tous les revers, le plus funeste & le moins prévu m'a éclairée en m'accablant ; j'en ai fait la trop fatale expérience ; il ne faut point espérer de trouver le bonheur dans un attachement illégitime. Chevalier, la foible marquise de B*** n'est plus. Vous voyez maintenant une femme capable de quelque énergie, uniquement occupée du soin d'assurer sa vengeance & de préparer votre avancement. Adieu, Faublas, c'est votre amie qui vous embrasse. Elle me donna un baiser sur le front & s'en alla par la cheminée.

Comment, monsieur, par la cheminée? — Oui, Madame, c'étoit par-là qu'elle entroit chez moi : au fond de l'âtre, la plaque en tombant, découvroit une espece de soupirail assez large pour que la marquise passât librement. Eh ! que des gens qui ne savent rien n'aillent pas attribuer à ma belle maîtresse cette ingénieuse invention ; dans ce siecle fécond en découvertes utiles, long-temps avant Mad. de B***, une cheminée fut ouverte ainsi par un duc aimable, pour une beauté captive, dont le nom devenu célebre ne périra point.

Le jour qui succéda à cette nuit si malheureuse, m'apporta de consolantes nouvelles : avant midi je reçus de Rosambert une lettre, que d'abord je ne voulus pas lire. Le seul Desprez étoit chez moi quand on me la remit. Tenez, Dumont, voilà une écriture que je reconnois, faites-moi le plaisir de porter à Mad de B*** cette lettre ; dites-lui que je ne veux pas l'ouvrir, & qu'elle peut en disposer à son gré.

Dumont partit pour revenir un quart d'heure après. Mad. la marquise me faisoit prier de la venir voir un moment. J'arrivai chez elle avant de m'être apperçu que j'avois eu trois étages à monter ; & je me serois probablement brisé la tête contre les lambris de son nouvel appartement, si l'on n'avoit pris plusieurs fois la peine de m'avertir que je me trouvois dans un grenier. Je ne voyois que Mad. de B*** ; sa tristesse, son abattement, sa pâleur ; je lui demandai comment elle avoit passé la fin de la derniere nuit : hélas ! dit-elle, comme j'en passerai désormais beaucoup d'autres ! & me présentant un papier baigné de ses larmes, elle ajouta : Voici la digne épître de mon lâche persécuteur : mon ami, j'ai pu la parcourir une fois, je pourrai l'entendre encore. Lisez, lisez tout haut. — Tout haut ! — Ce sera de votre part une cruelle complaisance ; mais je l'exige. — Permettez... — Faublas, accordez-moi cette derniere grace. — Cependant. .... — Chevalier, je le veux.

« Respectez enfin votre maître, mon » cher Faublas. Hier vous l'avez vu frap- » per un grand coup médité depuis plus » d'un mois. Lisez & admirez · Dans ma » retraite j'apprends que le jour de votre » mariage, un inconnu est venu au temple

» ſe donner en ſpectacle ; quelque temps
» après vous-même m'écrivez, qu'un re-
» venant à la fois diſcret & familier vous
» rend des viſites intéreſſées ; moi qui con-
» nois bien l'entreprenante marquiſe, je
» conjecture, je ſoupçonne & je m'informe ;
» bientôt je ſais, & je me garde bien de
» vous dire, que Mad. de B*** a diſparu
» le jour même de votre fuite ; il devient
» certain pour moi qu'elle eſt avec vous &
» que vous l'ignorez. On n'oublie pas ai-
» ſément les torts d'une auſſi aimable
» femme ; depuis dix mois j'avois ſur le
» cœur ſa piquante infidélité. » — Mon infidélité, s'écria la marquiſe, comme ſi jamais... Le fat ! l'inſolent ! .. Mais continuez, mon ami, continuez.

« J'entrevois le moyen de m'aſſurer une
» vengeance complete & douce autant que
» difficile ; je me hâte de guérir & je
» prends la poſte. Pour amener la galante
» cataſtrophe, il a fallu vous griſer un
» peu, mon ami ; je me ſuis vu forcé
» d'employer cette petite ruſe innocente
» que ſans doute vous me pardonnez.

» Ce matin pourtant je ſuis inquiet :
» après mon départ qu'a-t-elle dit ? Qu'a-
» t il fait ? Bon ! je parie que toujours
» habile à ſaiſir le ſeul parti convenable
» à la circonſtance, elle aura joué la dou-
» leur touchante, le déſeſpoir inquiétant,
» l'intéreſſant repentir. Je parie que toujours

» crédule & compatiſſant au même degré, » il aura ſincérement partagé la tribulation » de ſon innocente maîtreſſe traîtreuſement » violée. Je parie que l'ingrat ne ſoupçonne » pas encore l'obligation nouvelle qu'il » vient de contracter avec moi : cependant » je l'arrache à la maîtreſſe qui le ſubju- » guoit, je le rends ſans partage à l'épouſe » qu'il chérit.

» Faublas, par un juſte décret du ſort, » Mad. de B*** revient à ſon premier » maître. » *A ſon premier maître*, interrompit Mad. de B***, *cela n'eſt pas vrai !* « — Un adroit voleur s'étoit depuis dix » mois établi chez moi. *Chez lui*, s'écria- » t-elle encore, *cela n'eſt pas vrai !* — Je » l'en ai chaſſé par ſurpriſe ne pouvant » employer la force, & je ſuis rentré dans » mon bien. Chevalier, ſoyez l'unique » poſſeſſeur du vôtre ; Sophie attend ſon » libérateur, Mad. de Faublas gémit ren- » fermée dans le couvent de ***, faux- » bourg Saint-Germain à Paris. Vous de- » vinerez pourquoi je n'ai pas voulu vous » apprendre hier cette importante nouvelle. » Allez, mon ami, déguiſez-vous, courez » à la capitale ; & quand vous embraſſerez » votre charmante femme, n'oubliez pas » de lui dire qu'elle doit au comte de Ro- » ſambert le plaiſir de vous avoir ſi-tôt revu. » Je ſuis votre ami, &c. »

Ma femme au couvent de *** à Paris

m'écriai-je, en finiſſant la lecture de cette lettre. Ah ! mon amie, voyez comme je ſuis heureux ! Cruel enfant, me répondit-elle, avec un mouvement paſſionné qui exprimoit & ſon amour & ſon déſeſpoir ; cruel enfant, c'étoit donc vous qui deviez me porter le dernier coup !

J'allois tomber à ſes genoux, j'allois la prier de me pardonner mon étourderie ; mais ſon trouble s'étant à l'inſtant diſſipé, elle me demanda avec plus de fermeté ce que je comptois faire, & quels ſervices j'attendois de ſon amitié. Je lui témoignai le vif deſir de retourner à Paris ; elle parut épouvantée des périls qui m'y attendoient, & me parla des inquiétudes que ma fuite alloit cauſer au baron. Je lui obſervai que vraiſemblablement je quittois mon pere pour une quinzaine ſeulement ; & qu'en uſant de quelques précautions ſages, je pouvois eſpérer d'échapper aux périls que mon retour dans la capitale entraînoit effectivement. Mad. de B*** ne ſe rendoit pas. Mon amie, lui dis-je, loin de moi ; ma femme déſeſpérée ſe meurt peut-être, je ne connois pour moi-même aucun danger plus preſſant que celui qui la menace, & mon premier devoir eſt de la ſecourir. Ce n'eſt point à moi, répondit-elle en ſoupirant, qu'il convient de blâmer les imprudences que la plus impérieuſe des paſſions fait commettre. Puiſſé-je, devenue la confidente

fidente de vos témérités, ne jamais regretter en ſecret le temps, peut-être heureux, où j'en haſardai de pareilles. Allez, mon cher Faublas, à travers mille périls, chercher cette jeune Sophie dont la beauté m'a coûté tant de larmes. O deſtinée vraiment bizarre! je dois aujourd'hui pour vous réunir prendre autant de ſoins, qu'autrefois je me donnai de tourments pour vous ſéparer. L'inquiete amitié, n'en doutez pas, veillera ſur l'amour inconſidéré : je vais, autant qu'il me ſera poſſible, écarter les dangers dont je vous vois environné & préparer les beaux jours qui vous ſont promis. De toutes les précautions, la premiere & la plus néceſſaire eſt celle de votre traveſtiſſement; je me charge de vous en trouver un commode & convenable, je me charge de tous les apprêts de votre départ. Le mien, dont l'heure étoit fixée, ſera remis à demain à cauſe de vous. Quittez-moi, mon ami, dites à Deſprez qu'il monte me parler; attendez-moi dans votre chambre au milieu de la nuit prochaine.

Elle s'y rendit en effet, & pour cette fois elle entra par la porte. D'abord elle me fit ôter mon habit, & d'un petit paquet myſtérieuſement ouvert elle tira une grande robe noire dont je me vis auſſi-tôt affublé. Une *batiſte* menteuſe, avec art diſpoſée, parut recéler le tréſor d'un ſein pudique & naiſſant. Sur mon modeſte front déja couvert d'un bandeau blanc, vint retomber encore un voile clair & léger à travers lequel mon timide regard alloit cherchant celui de l'officieuse amie qui me déguisoit. Comme je la vis rougir & se troubler, qu'avec peine & plaisir je l'entendis étouffer un soupir douloureux & tendre! que de fois ses yeux mouillés de larmes se baissèrent pour éviter la rencontre des miens! que de fois sa main tremblante s'arrêta sur quelque partie de mon ajustement qui jamais n'alloit assez bien! Et moi, pour qui cette main si jolie n'étoit pas encore assez lente; moi, qui doucement penché sur mon intéressante amie, jouissois en silence de son émotion délicieuse à mon cœur, comme je me sentis pressé du vif desir d'éteindre mon ardeur & ses regrets dans un dernier embrassement! O ma Sophie! dans aucun moment de ma vie ton souvenir ne fut plus nécessaire à ma vertu chancelante, & même je dois pour m'en punir l'avouer franchement, si j'avois été bien intimement persuadé que madame de B***, non moins foible que moi.... Enfin, je n'essayai pas de m'en convaincre, & tu dois, ma charmante femme, me savoir quelque gré de n'avoir pas mis à cette rude épreuve le courage de la marquise & la fidélité de ton époux.

Madame de B***, quand elle vit qu'il ne manquoit plus rien à mon déguisement, ne put retenir quelques larmes ; & d'une voix foible me dit : Adieu, partez, rentrez en France, volez à Paris, dans deux heures je vous suis, deux heures après vous j'entre dans la capitale.... Faublas, nous allons arriver pour ainsi dire ensemble, la même ville va nous renfermer, & cependant nous ne nous verrons plus !..... Ah ! du moins je veillerai sur vous, je préviendrai le péril ou je l'écarterai, ma tendresse inquiete.... Vous verrez, vous verrez si je suis véritablement votre amie. Chevalier, descendez rue de Grenelle Saint-Honoré, à l'hôtel de l'*Empereur* ; vous n'y resterez qu'un moment ; il y viendra de ma part quelqu'un à qui vous pourrez donner toute votre confiance. Chevalier, écoutez ses avis, conduisez-vous par ses conseils, surtout ne faites pas d'imprudences, je vous en supplie. Vous n'avez plus qu'un moyen de me récompenser de mes soins, c'est de n'en pas détruire l'effet par de folles témérités. Que ne m'est-il permis de vous accompagner sur la route & partager les dangers qui vous y attendent peut-être ! Tenez, mon ami, à tout hasard, prenez vos pistolets. Quant à ce meuble, ajouta-t-elle, en me montrant mon épée pendue au chevet de mon lit, ce ne peut jamais être celui d'une religieuse, permettez-moi de me l'approprier.

J'allai la détacher & la lui présentai ; elle

la saisit avec transport, la tira promptement, parut prendre plaisir à considérer sa fine trempe ; puis l'ayant remise dans le fourreau, & s'étant emparée de ma main qu'elle serra avec une force dont je ne l'aurois pas cru capable : Grand merci, me dit elle du ton le plus véhément, je serai digne de ce présent.

Sans attendre ma réponse, elle me conduisit vers l'escalier que nous descendîmes en silence ; sans bruit nous traversâmes le jardin dont la petite porte s'ouvrit dès que nous parûmes : je vis une chaise de poste qui m'attendoit. Je voulus remercier la marquise, plusieurs baisers me fermerent la bouche ; j'espérois au moins lui rendre ses tendres caresses, mais plus prompte que l'éclair elle s'arracha de mes bras, ferma la porte sur elle & me fit entendre un dernier adieu. Je partis, je partis pour te rejoindre, ma Sophie ; mais combien de malheurs, que d'ennemis & de rivales devoient encore retarder le moment de notre réunion !

Il étoit à peu près cinq heures du matin : nous entrâmes à la pointe du jour sur les terres de France. Tout homme qui voyage dans un pays où il s'est fait une fâcheuse affaire, imagine que quiconque le regarde le reconnoît ; il lui semble impossible que son inquiétante aventure écrite sur son front ne soit pas lue de chaque passant : d'ailleurs il étoit tout ſimple qu'une religieuſe courant la poſte fût curieuſement remarquée. Voilà ce que je me dis à moi-même aux environs de Longwy, premiere place frontiere, où je crus m'appercevoir que j'étois obſervé. Ces belles reflexions m'ayant raſſuré, je me livrai aux trompeuſes douceurs d'un ſommeil hélas ! trop court ; à quelques centaines de pas, ma chaiſe fut environnée, j'ouvris les yeux au bruit que produiſirent mes portieres bruſquement ouvertes. Avant que j'euſſe le temps de me reconnoître, on ſe précipita dans la voiture, on me ſaiſit, on me lia ; les archers trop reſpectueux ou trop inattentifs, ſoit qu'ils euſſent un reſte de conſidération pour mon ſexe ou pour mon habit, ſoit qu'ils imaginaſſent ne devoir rien craindre d'une religieuſe qu'apparemment ils ne croyoient point armée, ne me fouillerent pas; mais la troupe ſacrilege oſa fouiller ma ſainte *étamine*, en l'enveloppant d'un manteau guerrier, & ne craignit pas de cacher mon voile béni ſous une toile groſſiere & profane. Leur chef s'aſſit cavaliérement près de moi, le poſtillon eut ordre d'avancer.

Où me conduiſoit-on ? Apparemment ſourd & muet, le diſcret ſatellite qui veilloit ſur moi n'étoit pas plus touché de mes queſtions que de mes plaintes. L'eſpece de ſerviette dont ma tête reſtoit enveloppée, ne me laissoit parvenir qu'une lumiere trop foible pour que je pusse rien distinguer. Seulement le bruit d'une cavalcade frappoit mon oreille, & j'en augurois très-raisonnablement que pour plus grande sureté des soldats m'escortoient. Une fois même, tandis que la troupe un instant arrêtée prenoit vraisemblablement des chevaux frais, j'entendis quelqu'un prononcer distinctement le nom de Derneval & le mien. Où me conduisoit-on ?

La maudite voiture alloit toujours & nous n'arrivions pas. Depuis j'ai calculé que nous avions fait route pendant trente-six heures à peu près : trente-six siecles ne paroîtroient pas plus long ! Que d'affreuses inquiétudes m'agitoient ! à quelles réflexions j'étois livré ! Je me voyois environné de juges, j'entendois prononcer l'arrêt terrible, j'appercevois le fatal échafaud ! quelle situation !.... La belle occasion de faire des phrases !.... Vous qui chérissez le deuil des tentures, la pompe des funérailles, la solitude des tombeaux ; vous qui aimez tant à peindre, & qui peignez si bien les douleurs d'une agonie longue, les horreurs d'un trépas funeste, venez, pathétique d'Ar***, venez, profitez du moment. Asseyez-vous dans mon fauteuil, accoudez-vous sur mon secrétaire, & prenez votre plume. Bon ! son œil se mouille, sa figure s'allonge, sa poitrine se gonfle, il vient de tirer ſon mouchoir ! Commencez, mon cher confrere, & ne vous gênez pas. Pleurez beaucoup, pleurez long-temps ; gémiſſez, gémiſſez encore ; lamentez-vous lamentez-vous bien. Mais ſi les lecteurs impatientés s'ennuient de tant de jérémiades, permettez-moi de reprendre ma place, & d'eſſayer de leur rendre un moment de belle humeur. Chacun ſa maniere, & chacun ſon goût.

Pardon de la petite digreſſion, ma belle dame, elle étoit, plus que vous ne penſez, néceſſaire. Je reviens à mon ſujet.... J'entendois prononcer l'arrêt terrible ; j'appercevois le fatal échafaud ! Ce n'étoit pas pour moi ſeul que je frémiſſois de mes dangers ; non, mon pere, je ſongeois à cette lettre que j'avois laiſſée pour vous ſur ma table, & dans laquelle je vous promettois de revenir bientôt. Hélas ! peut-être votre fils ne devoit plus vous embraſſer.

Ce n'étoit pas pour moi ſeul que je regrettois la vie, non, ma jeune épouſe, non. Je ſongeois à tes appas encore naiſſants, à notre hyménée ſi court, à nos doux liens ſi-tôt rompus. En ſuppoſant que ma déplorable fin n'entraînât pas ta fin prématurée, du moins, j'en étois ſûr, tu reſterois fidelle à ma mémoire ; jamais perſonne n'auroit à ſe glorifier du bonheur d'avoir épouſé la veuve de Faublas. O ma

Sophie ! je m'attendriſſois ſur le ſort d'un enfant de quinze ans, condamnée aux ennuis d'une viduité qui pouvoit durer plus d'un demi-ſiecle, & réduite à regretter ſi long-temps les rapides plaiſirs de deux nuits.

Enfin nous arrivâmes. On me deſcendit, on me porta, je ne pouvois deviner où. Je ne pouvois, à travers la toile dont mon viſage étoit couvert, & dans les ténebres de la nuit, examiner les lieux. Au défaut de mes yeux j'exerçois mes oreilles, j'écoutois avec autant de curioſité que d'inquiétude. J'entendois le fracas des portes, le bruit des verrous, le cri des grilles, la marche prompte de pluſieurs perſonnes accourus de divers côtés. L'endroit où l'on me diſpoſa me parut humide & froid ; je fus aſſis dans un immenſe fauteuil de bois ; aſſez loin de moi l'on murmuroit quelques mots qu'il m'étoit impoſſible d'entendre ; mes oreilles étoient ſeulement frappées de cette eſpece de gémiſſement ſourd & prolongé que produit dans un lieu vaſte, ordinairement ſolitaire, le bourdonnement inaccoutumé de pluſieurs voix réunies.

Quelqu'un s'étant approché, ſe pencha à mon oreille, & d'un ton fort doux m'adreſſa ces paroles en même-temps conſolantes & terribles : grand dieu ! qu'allez-vous devenir ? Ah ! pourrai-je vous ſauver ?

L'inſtant d'après, j'entendis le ſon d'une cloche funebre ; il me ſembla que beaucoup de gens entroient enſemble & m'environnoient. Au tumultueux brouhaha d'une grande aſſemblée, ſuccéda tout-à-coup un profond ſilence qui dura quelque temps. Mon ame s'en émut, mon imagination travailla, je ne ſais quel ſentiment juſqu'alors inconnu... Allons, chevalier de Faublas, point de détour gaſcon, tu avois peur. Pourquoi ne pas l'avouer bonnement ? De grands philoſophes, Cumberland & Puffendorff entr'autres, ont aſſuré que l'homme étoit naturellement timide ; & monſieur ton colonel, quoiqu'il ne ſoit pas philoſophe de ſon métier, & qu'il ait pris, comme toi, l'engagement tacite de n'éprouver de ſa vie un mouvement de frayeur, monſieur ton colonel t'excuſera pourtant ; car il ſait bien que le plus brave homme n'eſt pas brave tous les jours, & qu'une terreur, fût-elle panique, ſe pardonne même à un héros d'hiſtoire. Témoin le grand Fred*** qui s'enfuit, dit-on, à la premiere bataille qu'il livra. Au reſte, mon ami, je ne cite pas ce fait pour le garantir, mais pour te juſtifier.

Hé bien ſoit, je l'avoue, j'eus peur. Une voix grêle rompit enfin l'effrayant ſilence, & m'ordonna de dire un *ave Maria.* Un ave Maria ! trois fois je me fis répéter cet étrange commandement, & trois fois ma langue embarrassée refusa d'obéir : je ne pus dans mon trouble extrême me rappeller une syllabe de l'oraison demandée. Quelqu'un l'entonna, qui me la fit répéter mot pour mot. Ensuite commença le court interrogatoire, dont voici l'exact procès-verbal.

D'où venez-vous ? — Que sais-je ! Demandez-le à ceux qui m'ont amené. — Qu'avez-vous fait depuis que vous êtes sorti d'ici ? — Ici ! je n'y suis peut-être jamais venu ! où suis-je ? — N'avez-vous pas séduit Mlle. de Pontis ? — Mlle. de Pontis ! O Sophie ! — Oui, Sophie de Pontis : vous la connoissez ? — J'ai entendu parler d'elle. Si je l'avois connue, je l'aurois adorée & non séduite. — Connoissez-vous le chevalier de Faublas ? — Ce nom-là est venu jusqu'à moi. — Derneval, le connoissez-vous ? — Non.

Ce non, répété par plusieurs voix, circula dans l'assemblée. Ne vous appellez-vous pas Dorothée ? — Non.

Celui-ci fit encore plus d'effet que l'autre. La voix qui m'interrogeoit reprit : qu'on lui ôte cette serviette, & qu'on leve son voile.

L'ordre aussi-tôt s'exécute, & quel spectacle vient m'étonner ! Devant un autel, sur un banc circulaire qui m'enveloppe en son vaste contour, sont rangées à la file plus de cinquante.... Mes yeux ne me trompent-ils pas ? Non, ce n'eſt point un rêve de mon imagination égarée. Plus je regarde & plus je vois que cinquante religieuſes ſont là qui m'examinent ; je les entends même s'écrier en chœur : ce n'eſt pas elle !

Ce n'eſt pas elle, répéta celle qui paroiſſoit préſider l'aſſemblée. L'affaire eſt embarraſſante, continua-t-elle après un moment de réflexion, il faut en écrire dès ce ſoir à nos ſupérieurs. Demain nous recevrons leur réponſe ; en attendant, qu'on la mette au cachot, & que l'une de nos ſœurs veille auprès d'elle.

Quatre jeunes profeſſes me ſaiſirent & m'emporterent. Je n'avois garde de réſiſter : j'étois lié d'abord, & puis je trouvois la voiture aſſez douce. D'ailleurs toutes ces femmes me ſuivoient ; moi, je prenois plaiſir à les regarder. Dans le grand nombre de ces viſages féminins, j'en voyois de très-reſpectables par leur forme, & de très-précieux par leur antiquité. Il s'en trouvoit de toutes les couleurs, blanc, gris, jaune, verd, plus ou moins foncé ; celui-ci étoit commun, celui-là ſingulier, cet autre ridicule ; mais auſſi du coin de l'œil j'en lorgnois de ſi nouveaux, de ſi jolis ! cette vue achevoit d'éloigner les idées funeſtes qui tout-à-l'heure portoient l'épouvante au fond de mon ame ; & quoique ma ſituation fût encore inquiétante, ma foi je n'y ſongeois plus. Que voulez-vous, ma belle dame, je suis ainsi fait. Dans aucune circonstance de ma vie, quelqu'embarrassante que vous l'imaginiez, je n'ai pu voir de près plusieurs femmes ensemble, sans avoir de longues distractions.

Cependant on me promenoit à la clarté des flambeaux, dans un long souterrein, au bout duquel je vis une chapelle. Tout auprès on ouvrit une chambre qui n'avoit d'un cachot que le nom. C'étoit une espece de cellule où se trouvoit un lit sur lequel on me posa. Une lampe fut allumée; on fit donner une chaise à la sœur Ursule, à qui les vénérables, en s'en allant, recommanderent de prier religieusement près de moi jusqu'au lendemain matin.

O mon étoile, graces te soient rendues! de tous les jolis visages que j'avois distingués, celui d'Ursule étoit le plus charmant. Quel teint! quel éclat! quelle fraîcheur! que de douceur dans son regard timide! que d'innocence sur son front ingénu! à moins qu'on n'y rencontre ma Sophie, on ne voit pas de ces figures-là dans le monde; & du jour que, dans les bras de son heureux amant, Mlle. de Pontis devint la plus belle des femmes, Ursule dut être proclamée la plus jolie des filles.

Quoique prisonnier, je n'eus plus d'autre inquiétude que celle dont il falloit ressentir le vif attrait près de cette beauté si touchante. Quoique très-fatigué, je n'éprouvai plus le besoin du sommeil : & puis il s'agissoit bien de dormir! Allons, Faublas, galant compagnon de Rosambert, docile éleve de Mad. de B***, c'est ici qu'il faut te montrer digne de tes maîtres. Le triomphe peut te paroître difficile ; mais enfin la carriere est ouverte, & vois comme il est digne de toi, le prix que le hasard propose en ce moment à l'éloquence : une fille charmante & la liberté! Si jamais séduction fut excusable, assurément voici le cas.

Prélat curieux, qui, seul au coin du feu, parcourez dévotement ce méchant livre, si vous êtes aussi étourdi que son jeune auteur, composez de quoi remplir les six pages suivantes; mais prenez garde à la censure, elle ne permet pas de tout imprimer. . . .

. . . .

. . . .

Je venois de lier ensemble les deux jolis pieds d'Ursule ; je venois de charger ses mains des liens dont elle avoit débarrassé les miennes ; je préparois à regret le mouchoir qui devoit lui couvrir la bouche : un moment, dit-elle, un moment encore ; je veux vous répéter vos dernieres instructions qu'il faut bien retenir. Guidé par la foible lueur de cette bougie, vous entrerez dans le souterrein que nous venons de parcourir ensemble. A quelques pas d'ici, comme je vous l'ai fait voir, vous détournerez à gauche, bientôt vous arriverez à cette trappe que nous avons eu tant de peine à lever; tout près de là, sous le hangard de la petite cour, vous prendrez l'échelle du jardinier; enfin avec cette clef-ci vous ouvrirez la grille du jardin que vous connoissez, & veuille le ciel vous préserver de tout accident! Ah! j'oubliois encore une précaution nécessaire, je l'oubliois parce qu'elle ne regarde que moi. Pour qu'il paroisse moins douteux qu'on a employé la force afin de vous arracher d'ici, ayez soin, en sortant, de jeter à l'entrée du cachot l'un des deux pistolets que la maréchaussée vous a si heureusement laissés. Partez, mon ange, sauvez-vous, il est déja tard. Adieu, divin jeune homme, l'abeille n'a pas de miel plus doux que tes paroles, le feu de ton regard brûle mon cœur, mon ame repose dans la tienne. Couvre-moi le visage, & hâte-toi de sortir d'ici.

J'eus quelque peine à ne pas lui désobéir; il fallut bien m'y décider pourtant. Je cachai sa belle bouche sous un mouchoir, que j'arrangeai de maniere à faire croire qu'on avoit ainsi enveloppé le visage de la pauvre nonne, pour que ses cris ne fussent pas entendus. Ensuite, au lieu de perdre le temps en remerciemens inutiles, je quittai ma libératrice, à peu près tranquille sur son sort, quoi qu'il pût arriver, mais encore fort inquiet pour mon propre compte. Jugez quelle fut ma joie, lorſqu'après avoir heureuſement parcouru le ſouterrein, franchi la trappe, traverſé la petite cour, ouvert la grille, je me vis dans un jardin que je reconnus, & que ſans doute vous reconnoiſſiez auſſi, ma belle dame? — Moi, monſieur, point du tout. — Comment, point du tout, madame! Comment, depuis une demi-heure vous me liſez ſans m'entendre? Quoi! vous ne comprenez pas qu'on a de près ſuivi les traces d'une religieuſe enlevée depuis plus d'un mois, que Faublas, revêtu de l'habit fatal, & rentrant en France par la route que Dorothée avoit ſuivie pour en ſortir, a été pris pour elle; que la maréchauſſée charmée d'avoir arrêté cette religieuſe vivement recommandée par ſes ſupérieures & par ſes parents, s'eſt hâté de la reconduire à ſon couvent de Paris, que ... — Ah! bien, fort bien, monſieur. Maintenant je ſuis au fait, tout le reſte s'explique. — A la bonne heure, madame; mais convenez que vous auriez dû ne pas me forcer à ces détails ſoporitiques. Oh! je vous le demande en grace, donnez-moi une attention plus ſuivie, aidez-moi quelquefois de votre pénétration. Vous ne ſavez pas combien il eſt déſagréable pour un conteur d'être obligé de tout dire.

Je vous dirai pourtant qu'il ne tient qu'à vous, ma belle dame, d'entrer avec moi dans ce jardin ; venez, je ne vous y garderai qu'un moment. N'ayez pas peur de l'échelle que je porte, elle eſt légere, & je ne ſuis pas mal-adroit. Tenez, c'eſt ici que je la place : cette partie du mur eſt celle que Derneval & moi nous avons ſi ſouvent eſcaladée enſemble ; derriere eſt la rue *****, c'eſt par-là que je compte m'en aller. Avançons un peu ; vous connoiſſez ce pavillon ? ſaluez-le de la main. Entrons ſous l'allée couverte ; votre cœur n'eſt-il pas ému ? le mien palpite, & mes yeux ſe rempliſſent de larmes. Je la revois cette promenade chérie où ſoupiroit ma jolie couſine. Quels ſentiments j'éprouve ! un trouble religieux ! un ſaint reſpect mêlé d'attendriſſement ! ces lieux ſont pleins de ſa préſence & des monuments de nos amours. Elle rêvoit ici le jour que je lui chantai ma romance ; ce fut là qu'elle ſe trouva mal, ce fut là-bas que je la portai. Sur ce banc que je touche elle venoit s'aſſeoir dans les heures de récréation, pour que nous puſſions nous voir à travers la jalouſie de mon pavillon. Voici la place où je la joignois preſque tous les ſoirs ; ici, dans un mutuel épanchement, nous confondions ſouvent nos ſoupirs & nos pleurs... plus loin... oui, le voilà, c'eſt lui !... Je l'ai ſalué d'un cri de reconnoiſſance & de joie, ne le voyez-vous pas ? le *maronnier propice !* cet arbre conſacré par ſes derniers combats & par mon triomphe! Vîte, madame, prosternez-vous! Moi, je vais baiser ses rameaux tutélaires; je vais sur son tronc protecteur graver mon chiffre & celui de ma femme.... De ma femme! ah! nous étions amants & nous vivions réunis! nous sommes époux, & nous languissons séparés! Adieu, madame.... Je vole vers elle.... Grand Dieu! le jour va bientôt paroître, & si l'on me découvre ici, je suis perdu.

Je courus à mon échelle sur laquelle je ne montai que difficilement à cause de la longue robe dont Ursule avoit voulu que je restasse affublé. Déja cependant je touchois au chaperon du mur, lorsqu'en me penchant du côté de la rue, je vis une escouade du Guet qui s'y promenoit. Je redescendis précipitamment, fort embarrassé de savoir par où je sortirois. Il ne falloit pas songer à me sauver chez M. Fremont où j'étois trop connu, & je ne savois par qui étoit habitée la maison que je voyois à côté de la sienne; mais quel qu'en fût le propriétaire, aucun séjour ne pouvoit être plus dangereux pour moi que celui du couvent: je me déterminai donc à planter mon échelle le long du mur mitoyen.

Pour faire avec moins de difficulté ma périlleuse incursion, je songe à quitter l'ample vêtement qui gêne tous mes mouvements; mais un léger bruit se fait entendre & m'effraie; au lieu de perdre du temps à me déshabiller, je grimpe le plus vîte qu'il m'eſt poſſible, & me mettant promptement à califourchon ſur le chaperon, j'enleve l'échelle que je veux planter de l'autre côté. A l'inſtant où je la tiens en l'air, je crois appercevoir quelqu'un près de la grille du jardin que je quitte. Mon effroi s'augmente, ma main tremble, l'échelle m'échappe & tombe; me voilà, dans un équipage très-incommode, à cheval ſur un mur. Heureuſement un ſaut de dix pieds n'eſt pas fait pour m'épouvanter, le temps preſſe, il n'y a pas à délibérer, je me précipite.

Au bruit de la double chûte de mon échelle & de mon individu, une jeune fille, en joli caraco, eſt ſortie de derriere une charmille où elle ſe tenoit cachée. D'abord elle venoit droit à moi, ſoudain elle s'arrête, comme ſi elle étoit auſſi épouvantée que ſurpriſe, & elle ſe couvre le viſage de ſes deux mains avant que je ſois aſſez près d'elle pour diſtinguer ſes traits. Moi, je la joins, je la raſſure, & tout en implorant ſon ſecours, je baiſe l'une après l'autre les deux petites mains, que je voudrois écarter, pour voir la figure apparemment jolie qu'elles me cachent.

Une religieuſe! dit alors une voix, *c'eſt lui qui ſe déguiſe ainſi. Ah! faquin, je vous apprendrai à venir en conter à ma maîtreſſe.*

Comme je me retourne pour regarder d'où part la voix menaçante, je sens mes épaules rudement compromises. Sans respect pour ma robe, on me régaloit de coups de bâton. Il est vrai, mon colonel, que j'en reçus plusieurs avant d'avoir eu le temps de tirer mon pistolet de ma poche; mais vous allez décider si mon honneur involontairement outragé, fut suffisamment vengé par la réparation à laquelle je forçai mes brusques agresseurs.

Ils étoient trois. Chacun d'eux suspendit ses coups, dès qu'après avoir reculé quelques pas, j'eus montré le redoutable instrument dont je venois de m'armer. Celui de mes adversaires que je regardai le premier, avoit à peine quatorze ou quinze ans. Je le reconnus pour un de ces petits enfants de jolie figure, un de ces jockeis élégants, qui, majestueusement courbés sur le faîte menaçant d'un cabriolet colossal, font de gentilles grimaces aux passants que leur maître éclabousse, ou d'une voix douce & flûtée crient *gare* à ceux qu'il écrase. Je ne donnai qu'un coup d'œil au second, c'étoit un de ces grands coquins insolents & lâches, que le luxe enleve à l'agriculture, que nous autres gens comme il faut, payons pour jouer aux cartes ou pour dormir sur des chaises renversées près des fournaises de nos anti-chambres, pour jurer, boire & se moquer de nous dans nos offices ; pour manger au cabaret l'argent de *Monſieur* ; pour careſſer dans les manſardes les femmes de chambre de *Madame*. Le troiſieme s'attira toute mon attention ; ſa miſe étoit en même-temps ſimple & recherchée, indécente & jolie ; il avoit dans ſon maintien quelque nobleſſe & beaucoup de graces ; ſon air conſervoit quelque choſe d'impoſant juſques dans ſa frayeur. Je jugeai qu'il étoit le maître des deux autres : monſieur, ſi vous oſez faire un pas, ſi vous vous permettez ſeulement un ſigne, ſi vos gens tentent la moindre réſiſtance, je vous tue. Faites-moi la grace de me répondre. Etes-vous gentilhomme ? — Oui, monſieur. — Votre nom ? — Le vicomte de Valbrun. — M. le vicomte, je ne vous dirai point comment on m'appelle ; vous ſaurez ſeulement que je vous vaux bien. Cette aventure, dont le commencement m'a été ſi déſagréable, finira-t-elle heureuſement pour vous ? Il eſt vraiſemblable que ce n'eſt point à moi que vous en vouliez ; mais enfin c'eſt moi que vous avez indignement outragé : monſieur, vous ne l'ignorez pas ſans doute, l'honneur offenſé veut du ſang. Malheureuſement l'heure me preſſe, & je n'ai qu'un piſtolet ; cependant nous pourrons, ſi bon vous ſemble, vuider notre différend ſans ſortir d'ici. D'abord je vous prie de vouloir bien renvoyer votre domeſtique & votre jockei.

M. de Valbrun fit un ſigne & les deux valets s'éloignerent. Soudain je fus au maître, & lui préſentant un de mes poings fermé : il y a là-dedans, monſieur, quelques pieces de monnoie : *pair* ou *non*. Si vous devinez, je vous remets le piſtolet, vous tirerez à bout portant. Si vous ne devinez pas, vicomte, je vous déclare que vous êtes mort. Pair, dit-il. J'ouvris la main, il avoit rencontré juſte.... Adieu, mon pere ! ô ma Sophie, adieu pour jamais ! .. M. de Valbrun, en prenant le piſtolet que je lui préſentois, s'écria : non, monſieur, non ; vous reverrez votre pere & Sophie. Il tira ſon coup en l'air, & tombant à mes genoux : étonnant jeune homme, continua-t-il, qui donc êtes-vous ? Que de nobleſſe & d'intrépidité ! je ſerois trop inexcuſable ſi j'avois pu vous outrager volontairement. Songez que ce fut le haſard qui me rendit coupable, & daignez m'accorder mon pardon. Je m'efforçois de le relever ; monſieur, reprit-il, je ne quitterai point cette poſture que vous ne m'ayez pleinement raſſuré ſur vos diſpoſitions. — Vicomte, vous me demandez grace quand vous m'avez laiſſé la vie ! Croyez que je ne conſerve aucun reſſentiment, & que je ſerai charmé d'obtenir votre amitié. — A qui ai-je le bonheur de parler ? — Je ne puis vous le dire ; je me ferai connoître dans un temps plus heureux, ſouffrez que je me retire. — Comment ! avec cette robe de religieuse ? Entrez chez moi, je vous ferai donner un habit ; ce sera l'affaire d'un moment.

En effet, il étoit impossible que je sortisse dans l'équipage où je me trouvois, j'acceptai les offres du vicomte.

Cependant la jeune fille qui avoit causé tout le désordre, étoit demeurée à quelque distance & ne disoit pas un mot. M. de Valbrun l'appella ; elle vint en se cachant toujours le visage avec ses mains. Quelle pudeur, lui dit le vicomte, comme cela est intéressant ! Vous concevez, ma mie, que je ne suis pas la dupe de cet air-là ! je voulois bien, comme cela se pratique dans une petite maison, vous céder quelquefois à d'honnêtes gens qui sont mes amis ; mais nous étions convenus que vous ne vous donneriez jamais sans mon ordre, & vous sentez que votre maître ne se soucie point d'être le rival de votre coëffeur. Puisque c'est ce beau monsieur qui vous plaît, hé bien, que ce soit lui qui vous paie. Dès ce soir nous nous séparerons, mademoiselle Justine..

A ce nom qui sonnoit si doucement à mon oreille, j'interrompis M. de Valbrun : elle s'appelle Justine ? Il seroit bien singulier... M. le vicomte, me permettez-vous d'éclaircir un doute ? Il m'assura que je lui ferois plaisir. Je m'approchai de la jeune fille, j'écartai ses mains trop discrettes, & comme il faisoit assez clair pour qu'on pût bien distinguer les visages, je reconnus cette jolie petite figure chiffonnée, dont le piquant souvenir m'avoit quelquefois donné du souci.

FAUBLAS.

Quoi ! vraiment, c'est toi, ma petite?

JUSTINE.

Oui, M. de Faublas, c'est moi.

LE VICOMTE DE VALBRUN.

M. de Faublas ! ... il est joli, noble, vaillant & généreux. Il croyoit toucher à son heure suprême, & nommoit Sophie ! Cent fois j'aurois dû le reconnoître. (Il vint à moi & me prit la main.) Brave & gentil chevalier, vous justifiez de toutes les manieres votre réputation brillante : je ne suis point étonné qu'une charmante femme se soit fait un grand nom pour vous. Mais, dites-moi, comment êtes-vous ici ? Comment, après l'éclat du plus fâcheux duel, osez-vous paroître dans la capitale ! Il faut qu'un grand intérêt vous y entraîne.. Monsieur le chevalier, donnez-moi votre confiance, & regardez le vicomte de Valbrun comme le plus dévoué de vos amis. D'abord où allez-vous ?

FAUBLAS.

A l'hôtel de l'empereur, rue de Grenelle.

LE VICOMTE.

Un hôtel garni ! & dans le quartier de Paris le plus habité ! gardez-vous-en bien. Dans celui-ci d'ailleurs vous êtes connu ; vous oseriez vous y montrer pendant le jour ? Eh ! vous n'y feriez point vingt pas sans être arrêté.

Le vicomte avoit raison peut-être ; mais je ne sentois que le vif desir de hâter le moment qui me rapprocheroit de Sophie ; j'insistai donc : hé bien soit, me dit-il ; mais au moins souffrez que j'aille à la découverte pendant que vous allez mettre un habit. Justine, conduisez monsieur dans le cabinet de toilette, ouvrez-lui ma garderobe, ayez soin qu'il ne manque de rien.

Dès que le vicomte fut sorti, je demandai à Justine quel étoit précisément son emploi dans le lieu où je la rencontrois. C'est ici, me dit-elle en bégayant, la petite maison de M. de Valbrun. — J'entends ; tu es dans ce temple de la volupté l'idole qu'on encense ? Mademoiselle, vous êtes assez jolie pour cela. — M. de Faublas, vous me faites des compliments. — Comment ta fortune a-t-elle si fort changé

changé en ſi peu de temps ? — Ah ! l'aventure de Mad. la marquiſe m'a fait une eſpece de réputation ; c'étoit à qui m'auroit, il y a trois ſemaines. De tous les prétendants, M. de Valbrun m'a paru le plus aimable... — Le plus aimable ! & déja tu lui fais de mauvais tours ? — Moi, point du tout, je vous aſſure, c'eſt qu'il eſt très-jaloux M le vicomte ! — Mais ce coëffeur ? — Fi donc, l'horreur ! eſt-il ſeulement croyable que je m'occupe d'un être comme celui-là ? — Comment donc, Juſtine, de la fierté ! .. Mais que diable allois-tu faire de ſi bonne heure dans ce jardin ? — Prendre l'air, uniquement prendre l'air. Au reſte, ſi M. le vicomte ſe fâche, tant pis pour lui, je ne ſuis pas embarraſſée de trouver des places ..— Oui, des places, dans des petites maiſons ? — Dame, je veux faire une fin. Voudriez-vous que reſtaſſe ſervante toute ma vie ? J'aime bien mieux être la maîtreſſe de quelque ſeigneur, qui me fera un ſort honnète, & ... — Voilà qui s'appelle ſolidement penſer, Juſtine. Avec vos beaux calculs pourtant vous trahiſſiez lâchement nos amours, perfide, ... tu m'oubliois totalement, petite ingrate. Oh ! non, répondit-elle d'un ton careſſant, je ſuis charmée de votre retour & de cette rencontre. M. de Faublas, vous ſerez bien ſûr d'être aimé chaque fois que vous voudrez plaire, & ce ne fera point avec vous qu'on fe montrera jamais intéreffée. — Voilà, mon enfant, un difcours bien tendre & un procédé bien noble ; il me refte pourtant quelque doute. Tiens, ce *la Jeuneffe*.... — N'en parlons point. — Si fait parlons-en, & ne mens pas. Mon enfant, il devoit fe marier avec toi. As-tu inhumainement facrifié ton prétendu ? Surement, dit-elle en riant, je n'époufe plus que des gens de qualité, moi !

J'allois répondre quand M. de Valbrun rentra. Ne vous avifez pas de fortir, me dit-il, la rue eft certainement gardée. J'ai vu plufieurs efcouades de guet fe promener dans le quartier ; j'ai vu roder dans les environs beaucoup de gens de fort mauvaife mine. Paffez la journée ici ; je vais aller raffembler quelques amis, au milieu de la nuit prochaine je reviendrai vous chercher en bonne compagnie, & fi vous voulez me rendre un véritable fervice, vous accepterez dans mon hôtel un afyle qui ne fera pas violé. Vous, Juftine, faites en mon abfence les honneurs de ma petite maifon, je vous ordonne de traiter monfieur comme vous me traiteriez moi-même, & je vous pardonne à fa confidération vos promenades du matin. Juftine, je laiffe, pour faire le fervice, mon jockei & la Jeuneffe. — Ha, ha ! monfieur le vicomte, ce grand coquin dont vous étiez accompagné au jardin, c'eſt la Jeuneſſe? — Le connoiſſez-vous? — Oui, ſi c'eſt lui qui appartenoit au marquis de B***. Parle donc, Juſtine, n'eſt-ce pas le même? — Oui... Monſieur de Faublas.... Un bon ſujet... Un excellent domeſtique. — C'eſt toi qui l'as donné à M. le vicomte? — Oui, monſieur de Faublas. — Bien, mon enfant, très-bien. Tu lui as fait là un véritable cadeau.

Le vicomte, en me diſant adieu, me prévint qu'avant de ſortir il alloit ſoigneuſement faire barricader toutes les portes, & me recommanda de n'ouvrir à qui que ce fût.

Dès que nous fûmes ſeuls, Juſtine me demanda timidement par quelle eſpece d'amuſement je comptois remplir ma matinée. Mon enfant, je déjeûnerois volontiers ſi je n'avois pas une grande envie de dormir. Fais-moi donner un bon lit, & ſeulement aie ſoin qu'en me réveillant je trouve à dîner. Elle pâlit, ſoupira, pleura preſque, & me dit d'un ton dolent : vous êtes donc fâché contre moi? Non, ma petite, je ne ſuis pas fâché ; mais j'ai grand beſoin de repos. Elle ſoupira plus fort, me prit par la main & me conduiſit dans une chambre à coucher commode, recherchée, galante plus que le galant boudoir de Mad. de B***. Et moi auſſi, je ſoupirai dans ce moment, mais ce fut de réminiſcence. Juftine reftée là paroiffoit réfléchir ; & m'examinoit attentivement. Je la priai de fe retirer, elle fe le fit répéter deux fois, & m'obéit enfin en me lançant un regard qui difoit plus que bien des reproches.

Il n'y avoit pas long-temps que j'étois couché, quand on m'apporta une taffe de chocolat. Senfible à cette attention de la maîtreffe du logis, je me propofois de lui faire mes remerciements, quand je la vis entrer feulement vêtue d'une gaze légere. Déja voluptueufe comme une grande dame, non moins délicate dans fes plaifirs rafinés, la petite créature faifoit fermer les volets, de maniere que le plus foible jour ne pût pénétrer. Les rideaux de taffetas jaune furent tirés, on plaça les bougies devant les glaces, l'encens brûla dans la caffolette. Tout cela fe faifoit fans qu'on daignât répondre un mot à mes fréquentes queftions ; mais dès que le jockei fe fut retiré, Juftine me dit que fon premier devoir étoit d'obéir à M. le vicomte, & fa plus douce envie de faire la paix avec M le chevalier. A ces mots, plus prompte que l'éclair, elle s'élança près de moi ; plus careffante que le zéphyr, en moins d'une feconde elle me fit oublier le coëffeur & la Jeuneffe, & . . Ne crains rien, ma charmante femme ; près d'un auffi méprifable nom je ne placerai pas ton nom révéré.

M. l'abbé, je vous entends murmurer, je crois? Je vous entends détailler la foule des motifs que j'avois de résister, mais des moyens, vous n'en parlez pas. A vos cent mille raisons je n'en oppose qu'une, moi: l'entreprenante Justine me tenoit dans son lit. S'il est vrai que vous sachiez ne pas succomber à des tentations aussi prochaines, aussi pressantes, dites-moi donc comment vous faites.

Peut-être comme je fis, hélas! vous laissez échapper l'occasion, après avoir multiplié d'inutiles efforts pour la saisir. Quelle injure je fis à tes appas qui le méritoient moins que jamais, jolie petite Justine; & assurément ce ne fut pas ta faute. Tu te montras complaisante, patiente, empressée, autant que tu me trouvas foible, languissant & malheureux. Pour se voir réduit à cet excès d'abattement qui faisoit alors ma honte & le désespoir de Justine, il faudroit avoir comme moi couru la poste pendant trente-six heures, cahoté dans une méchante voiture, tourmenté de mille inquiétudes, nourri seulement de bouillon. Il faudroit sur-tout avoir soutenu, durant toute la nuit suivante, un entretien très-vif avec une nonne charmante... & bavarde, bavarde comme on l'est au cloître en pareil cas!

Ah! dit enfin la pauvre enfant d'un ton qui marquoit sa confusion & sa surprise,

Ah! Monsieur de Faublas, que je vous trouve changé! Il me parut que si cette exclamation échappée à la tendre véracité de Justine, renfermoit l'amere critique du présent, elle offroit aussi, dans son double sens, l'obligeant éloge du passé; mais, comme je me sentois aussi peu capable de mériter le compliment que de me justifier du reproche, je pris le sage parti de m'endormir sans observations préparatoires.

Justine me laissa tranquillement reposer, bien convaincue apparemment que si elle prenoit la peine de me réveiller, ce seroit très-gratuitement pour elle. Cependant elle demeura constamment près de moi, puisqu'en me réveillant je la sentis à mes côtés; je ne la vis pas, car les bougies étoient éteintes; il y avoit vraisemblablement long-temps que je dormois. Il me sembla qu'il étoit temps de dîner, je sentois le vif aiguillon d'une faim gloutonne; mon premier mot exprima mon premier desir, je priai Justine de me faire apporter à manger. Elle se préparoit à me quitter quand je me surpris quelque velléité de réparer mes torts envers elle; je crus même qu'il falloit commencer par-là, & je lui fis part de cette seconde réflexion, qui me parut lui être plus agréable que la premiere. Elle accueillit ma proposition avec une pétulance qui ne lui étoit pas ordinaire; ce qui me fit présumer que sans doute elle imaginoit qu'il n'y avoit pas de temps à perdre. Quelque diligence qu'elle fît pourtant, elle ne se pressa pas encore assez ; il étoit décidé qu'après avoir essentiellement manqué à tout le beau sexe *des petites-maisons*, dans la personne d'une des plus gentilles créatures qui jamais s'y fût trouvée, je me verrois contraint de quitter ma désolée compagne, avant d'avoir pu rétablir sa réputation & la mienne à la fois compromises. Au moment où cette fille si attentive, si digne de récompense, alloit peut-être recevoir le prix de ses soins généreux, il se fit à la porte de la rue un grand bruit qui m'effraya : on frappoit à coups redoublés ; *la Jeunesse* accourut, qui d'une voix altérée nous dit qu'on demandoit à entrer au nom du Roi.

Va, ma petite Justine, cours, ne souffre pas qu'on ouvre toute de suite, donne-moi le temps de me sauver. —— Vous sauver ! où ? — Je n'en sais rien ; mais qu'on n'ouvre pas. —— Tenez, dans le jardin. Je vais vous faire porter une échelle, escaladez le mur à droite ; & si notre voisine la *dévote*, Mad. Desglins, est tentée de vous recevoir aussi-bien que moi, efforcez-vous de la récompenser mieux. —— Justine, écoute donc. — Hé bien ? — Tâche de faire passer de mes nouvelles à Mad. de B***. J'ignore ce que je vais devenir, mais c'est égal, mande-lui toujours que je suis à Paris, que tu m'as vu.

Pendant ce court dialogue, on vient de m'apporter de la lumiere : je me suis promptement emparé de la piece la plus essentielle de l'habillement masculin, piece dont l'exacte bienséance m'ordonne de vous laisser deviner le nom, ma belle dame, & que j'appellerai, si vous voulez bien le permettre, le *vêtement nécessaire* : comme je me prépare à m'en couvrir, j'entends le fracas redoubler, il me semble qu'on enfonce les portes.

Je n'ai plus le temps de mettre les habits que Justine m'a fait préparer, je ne prends que l'épée de M de Valbrun ; en une seconde ma main droite est armée du glaive protecteur, & ma main gauche, au lieu d'un bouclier, porte le vêtement nécessaire Je m'élance sur l'escalier, je me précipite dans la cour, je vole au bout du jardin.

La Jeunesse me suit avec une échelle, il la plante, je monte. A la vue de plusieurs hommes qui viennent d'entrer avec des flambeaux dans la cour du vicomte, je sens que je n'ai pas un instant à perdre ; & sans m'amuser à considérer le terrein que d'ailleurs je ne pourrois reconnoître, parce que la nuit est noire, je me jette hardiment de l'autre côté du mur. O ma Sophie, en serai-je quitte pour la petite contusion que je viens de me faire à la jambe ?

Il eſt vrai que je marche ſur un ſable fin ; mais j'eſtime qu'il eſt au moins dix heures du ſoir ; je ſuis environné d'épaiſſes ténebres dans un jardin que je ne connois pas ; la ſeule chemiſe dont je me trouve couvert ne me garantit point du vent de biſe qui ſouffle avec violence ; je ſuis tourmenté de mille inquiétudes & je meurs de froid !

Cependant pourquoi perdre courage ? A Paris comme ailleurs, il n'y a pas de ſi mauvais pas dont un malotru ne ſe tire avec de l'argent ; à plus forte raiſon un enfant de famille quand il a ſa bourſe pleine d'or & l'épée à la main. Va donc, Faublas, va donc examiner un peu la maiſon que tu entrevois à quelques pas de ce baſſin dans lequel tu as été bien près de tomber.

J'avance à pas comptés ; ſans bruit j'arrive, & doucement je tâtonne. Comment donc ſe fait-il qu'on m'ait entendu ? Je ne le conçois pas ; mais enfin la porte m'eſt ouverte, & comme je ne vois point de lumiere, j'entre avec confiance.

C'eſt vous, monſieur le chevalier, me dit-elle alors tout bas ? Auſſi-tôt je déguiſe ma voix en l'adouciſſant beaucoup, & d'un ton auſſi myſtérieux que le ſien je réponds : oui, c'eſt moi. Elle avance au haſard ſa main qui rencontre la garde de mon épée ; vous avez l'épée à la main ! — Oui. — Eſt-ce qu'on vous pourſuit ? — Oui. —

Est-ce qu'on vous a vu passer par la breche ? — Oui. — Ne le dites pas à ma maîtresse, elle auroit peur. — Où est-elle ? — Qui ? ma maîtresse ? — Oui. — Vous le savez bien, dans son lit. Vous pourrez passer toute la nuit ensemble ; monsieur est allé à Versailles accoucher une grande dame ; il ne reviendra que demain — Bon. Mene-moi chez ta maîtresse. — Ne savez-vous pas les êtres ? — Oui, mais j'ai eu peur, ma tête n'y est plus ; conduis-moi.... Là, bien, par la main.

A peine avons-nous fait quatre pas, que la femme de chambre, en ouvrant une seconde porte, dit : madame, c'est lui.

La dame du logis m'adresse la parole : Tu viens bien tard ce soir, mon cher Flourvac. — Impossible plutôt — Ils t'ont retenu ? — Oui. — Hé bien, où donc es-tu ? — Je viens. — Qui t'arrête. — Je me déshabille.

Vous savez que je n'avois pas besoin de me déshabiller, vous à qui j'ai conté que ma main gauche portoit mon unique vêtement ; mais vous concevez que je ne devois marcher qu'avec beaucoup de précaution & de lenteur dans une chambre pour moi nouvelle, où très-heureusement il n'y avoit plus ni feu ni lumiere. Enfin, parvenu jusqu'au pied du lit, je dépose doucement par terre le vêtement nécessaire

& mon épée, puis soulevant une molle couverture dont l'édredon propice va me réchauffer, je tombe dans les bras d'une inconnue qui commence par me donner le baiser le plus tendre.

Oh! que tu as froid, me dit-elle. — Il gele si fort! — Mon cher chevalier! — Ma douce amie. — La rigueur de la saison ne t'empêchera pas de venir? — Surement non — Toutes les fois que monsieur Desglins découchera? — Oui. — Bathile, pour t'avertir, fera toujours comme aujourd'hui. — Bien. — N'est-ce pas ingénieusement imaginé, ce petit lampion allumé sur sa fenêtre? — Oui. — Et ce pan de mur que j'ai fait abattre? — Oui, j'ai passé par la breche. — Et tu y passeras plus d'une fois, car nos voisins les *magnétiseurs* ne la feront pas réparer de l'hiver. — Sans doute. — N'es-tu pas content d'être venu loger chez eux? — Très-content. — Tu sais, mon cher Flourvac, que mon mari est allé... — A Versailles, oui. — Nous pouvons passer ensemble la nuit entiere. — Tant mieux. — Ah! j'étois sûr qu'il en seroit bien aise, mon chevalier! — O mon amie! — Tu m'aimes toujours, Flourvac? — Tendrement. — Je t'avouerai pourtant que j'ai eu du chagrin cette après-dînée, mon ange. — Pourquoi? — Tu n'es pas venu me joindre au sermon. — Impossible. — Mais ce matin j'étois bien contente: & toi?

— Ravi. — La messe ne t'a pas paru longue? — Oh! non. — Que j'avois de plaisir à te regarder! — Et moi! — Que tu as bien fait de mettre ta chaise à côté de la mienne! — N'est-il pas vrai? — Mais tu as mal fait de me parler. — La raison? — Toutes ces dames qui me connoissent & qui m'estiment, qu'auront-elles dit de me voir causer dans l'église avec un jeune officier? — Je conçois. — Tiens, mon cœur, ne viens plus m'y trouver à l'église. — Parce que? — Parce que dans le fond cela n'est pas bien. — Oh! — Vraiment, ma conscience n'est pas tranquille. — Bon! — Faire l'amour jusques dans la maison du Seigneur! — Il est vrai que.... — Préférer la créature au Créateur! — Vraiment.... — Et un militaire encore! — Comment? — Si du moins c'étoit un abbé! Mais.... — A propos d'abbé, mon ange, as-tu fait ma commission? — Laquelle? — Tu l'as oubliée? — Laquelle? — Tu sais que le maigre m'incommode. — Hé bien? — Quoi, Flourvac, vous ne vous souvenez pas que je vous avois prié d'aller consulter..... — Ah! oui, un médecin. — Point du tout, un prêtre. — Oui, oui, je me rappelle.... — Un prêtre pour lui demander la permission.... — Il te l'accorde. — A moi? — A qui donc. — Vous m'avez nommée, moi? — Non une parente. — Ah! bon.... Ainsi, mon cœur, je puis donc faire gras le vendredi & le ſamedi ? — Oui. — Ah ! que je ſuis aiſe ! ah ! que je te remercie !

Le baiſer qu'alors la dévote me donna, me parut le plus vif de tous. J'en avois reçu beaucoup d'autres pendant qu'occupé du ſoin de ſoutenir une converſation difficile, je m'étois efforcé de ne répondre que par de courts monoſyllabes aux queſtions que multiplioit l'inconnue trompée. Cependant ſes appas, quoique toujours défendus par une toile modeſte, agiſſoient ſur moi plus efficacement que l'édredon le plus chaud ; & mon ſang s'étant ranimé, je me retrouvois ces diſpoſitions heureuſes dont quelques minutes auparavant, Juſtine eût profité, ſi des gens ennemis de ſon bonheur n'étoient venus méchamment nous interrompre. Auſſitôt j'eſſayai de prouver ma reconnoiſſance à l'hoſpitaliere beauté, qui me faiſoit ſi complétement les honneurs de chez elle ; mais qui de vous à ma place s'y feroit attendu, meſſieurs ? on m'oppoſa la plus férieuſe réſiſtance.

Finiſſez, me diſoit-on, finiſſez, Flourvac.... Vous ſavez nos conventions.... Ce n'eſt pas ainſi.... Non.... non.... je ne le ſouffrirai point !... je ne le veux pas.

Très-ſurpris de l'étrange caprice de cette femme inconcevable qui, dans l'hiver & par un temps affreux, fait eſcalader des murs à ſon amant, pour qu'il vienne paisiblement sommeiller auprès d'elle, je me remets à ses côtés sans dire un mot, & bientôt je vais m'endormir. Bientôt aussi je l'entends qui sanglotte, & toujours à voix basse je lui demande ce qu'elle a. Ce que j'ai, répond-elle, ingrat, vous ne m'aimez plus, vous oubliez nos conditions... Près de moi vous restez immobile.... Mes embrassements ne vous paroissent plus desirables, s'ils ne sont comme ceux des femmes vulgaires, impudiques & criminels.

Elle me tint plusieurs autres discours dont je ne pouvois pénétrer le sens obscur; mais enfin elle s'expliqua si clairement du geste & de la voix, qu'elle m'enseigna ce que peut-être, messieurs, vous serez étonnés d'apprendre. Mes desirs avoient été repoussés d'abord, parce que j'avois malhonnêtement exprimé mes desirs, parce que d'une main profane j'avois voulu soulever l'unique voile dont les pudiques attraits de cette beauté toujours modeste devoient rester enveloppés. Il falloit, messieurs, sans écarter, sans déranger la fine toile artistement ouverte; messieurs, il falloit, le moins indécemment & le mieux possible, embrasser de toutes les femmes la plus vive & la plus chaste en même-temps.

Et vous, que la nature n'a favorisée qu'à demi; vous, madame, qui portez une superbe tête sur un corps très-ordinaire, ne vous moquez pas de ma janséniste. Si vous aviez prudemment employé le moyen dont elle usoit, peut-être que votre époux ne vous eût pas si vîte abandonnée, peut-être que vos amants vous seroient demeurés plus long-temps fideles.

J'avoue pourtant qu'une malheureuse femme ne doit s'aviser de ce moyen-là que lorsqu'il ne lui en reste aucun autre; j'avoue que pour mon compte je ne l'aime pas. En vain la dévote, d'une voix entrecoupée, bégayoit entre mes bras ces mots inusités quoiqu'expressifs : divins transports ! bonheur des élus ! joies du paradis ! je ne partageois que médiocrement cette joie, ce bonheur, ces transports si vantés.

Peu curieux de rechercher encore une demi-félicité, je reprends à côté de madame Desglins une place que je suis presque fâché d'avoir quittée, & je ne songe plus qu'à l'adroit mensonge qu'il faut que je lui fasse pour que, sans allumer ses bougies, sans appeller sa femme de chambre, elle veuille bien me donner elle-même de quoi chasser l'appétit dévorant dont je me sens atteint. Mais j'aurois pu me dispenser de mettre mon esprit à la torture, il étoit décidé que j'irois souper ailleurs.

On fait du bruit, dit-elle; mais qu'est-ce donc?... Quoi!... C'est la voix... Cela ne se peut pas.... Mais pourtant.... Bon Dieu, oui, c'est la voix du chevalier!... de mon amant.... Comment cela se fait-il?... un inconnu! ah! l'horreur.... je suis perdue!

Au premier bruit que j'ai entendu, aux premiers mots qu'elle a prononcés, je me suis jeté hors du lit. Tandis qu'elle flotte incertaine, je mets précipitamment le *vêtement nécessaire*, non pas à mon bras gauche comme tout-à-l'heure, mais en son véritable lieu. Je prends mon épée, j'avance à tâtons, je pousse une porte entre-bâillée; & si je calcule bien, je dois être maintenant dans la premiere piece où m'a d'abord reçu la femme de chambre qui faisoit sentinelle. Ce qui confirme ma conjecture, c'est que non loin de moi j'entends un homme, qui dehors grelotte, s'impatiente, & tout bas mais très distinctement répete sans cesse: Bathile, ouvre-moi donc.

Cependant madame Desglins vient de prendre un parti. Sortie de sa chambre à coucher elle s'avance dans la piece où je suis; d'une voix étouffée elle appelle celui qu'elle a cru son amant. Au lieu de lui répondre je m'arrête, & le bruit de sa marche me fait juger que, sans me toucher, elle a passé tout-à-l'heure auprès de moi. Qui que vous soyez, dit-elle alors, veuillez au moins m'entendre: ne me perdez pas tout-à-fait, fuyez sans que le chevalier vous voie, fuyez, & je vous pardonne si vous me gardez le secret.

C'étoit mon intention; je comptois m'élancer dehors dès que la porte seroit ouverte, mais l'infortunée dévote l'ouvre trop tard. Après que Mad. Desglins a tourné deux fois la clef dans la serrure, à l'instant même où M. de Flourvac pousse l'un des deux battants, Bathile qui n'est point encore couchée, Bathile attirée par le bruit qu'elle entend, paroît avec de la lumiere Quel spectacle pour chacun de nous!

La scene est dans une espece de salle à manger. Dans le fond, sur ma gauche, la malencontreuse femme de chambre nous fixe les uns après les autres en roulant de grands yeux ébahis; en face de moi, sur le seuil de la porte qui communique au jardin, je vois un jeune officier immobile d'étonnement; dans l'espace intermédiaire Mad. Desglins consternée tombe sur une chaise & se cache le visage; cependant elle ne l'a pas fait si vîte que je n'aie pu distinguer ses traits; & toujours entiérement occupé de l'objet qui m'occupe le plus, toujours incapable de dissimuler l'impression que me fait la vue d'une jeune femme, je m'écrie: Elle est ma foi gentille! La perfide! répond l'officier furieux, scrupuleuse dévote, il vous en faut plusieurs!

Je veux parler, je veux justifier madame Desglins; mais le jeune homme peut-être trop vif ne m'écoute pas & tire son épée que rencontre auſſi-tôt la mienne. Aux premieres bottes je ſens que le jeune Flourvac n'eſt pas fait pour lutter avec moi ; bientôt ſerré de près il ſe voit forcé de faire pluſieurs pas en arriere ; le jardin devient le théâtre du combat. Comme je veux ſurtout gagner du terrein pour m'aſſurer une prompte retraite, je ne ceſſe d'avancer ſur mon adverſaire, qui, ſurpris d'être ſi vigoureuſement pouſſé, recule toujours. Nous arrivons à l'entrée d'une allée qui me paroît ſpacieuſe, là je romps bruſquement la meſure & je m'échappe. Mon adverſaire auſſi courageux que peu redoutable, me pourſuit ; & l'obſcurité ne me permettant pas de courir vîte, il va bientôt m'atteindre. Je me retourne, le fer ſe croiſe de nouveau ; celui de l'ennemi gouverné par un poignet trop foible, ſaute à dix pas : les deux femmes ſont accourues qui ſaiſiſſent & retiennent le vaincu ; le vainqueur ſe jette derriere une charmille & fuit.

Je vais le long du mur, cherchant la breche dont je me ſouviens que madame Deſglins m'a parlé : je la trouve enfin, je grimpe & me voilà dans l'enclos *des voiſins les magnétiſeurs.*

Puiſqu'il s'agit de vous intéreſſer, lectrices compatiſſantes, je ne dois pas omettre une circonſtance qui augmentoit alors le danger de ma poſition. Vous vous rappellez sans doute ce vent de bise dont je me plaignois il n'y a pas plus d'un quart-d'heure? Maintenant il pique davantage encore, & par un malheur plus grand des nuages épais qui se choquent pour se dissoudre, versent des flocons de neige sur ma chemise, hélas trop fine. Plaignez, belles dames, plaignez un jeune homme à qui l'on ne peut reprocher que son excessif amour pour vous : par quel temps & dans quel costume il est réduit à faire, de jardins en jardins, la plus pénible des promenades.

Celle-ci dura plus long-temps que je ne l'aurois voulu, car je me vis au bout du vaste enclos des *magnétiseurs*, arrêté par une grille qui le fermoit. Aussi-tôt je pris mon parti, j'empoignai joyeusement mon épée, & d'estoc & de taille je me mis à espadonner contre les barreaux, de maniere à tout renverser s'il étoit possible.

Au vacarme que je faisois un mâtin aboya. O bon chien, mon sauveur! sans ton énorme gueule où résonnoit une pleine basse-taille dont les échos circonvoisins multiplioient les formidables accents, malgré mon espadon peut-être je serois demeuré dans ma prison jusqu'au jour, & Dieu sait ce qu'alors on eût fait de moi; supposé qu'on m'y eût encore trouvé vivant. Un homme accourut qui m'ouvrit la grille. En voilà encore un, s'écria-t-il, comme il eſt fagotté ! queu vêtement pour l'hiver ! & pis c'te fine lame ! ne diroit-on pas qu'il veut tuer des mouches dans le mois de novembre ! Mais queu rage les pouſſe tretous de vouloir dormir debout ! comme ſi nos ancêtres, qu'avoient cent fois pus d'idées que nous, n'avoient pas inventorié les lits pour qu'on ſe couchiſſe dedans. Allez, M. le *préiambule*, remontez-vous dans le dortoir, & laiſſez tout du moins le repos de la nuit à un pauvre portier que vous perſécutiſez tout le temps que dure la ſainte journée du bon Dieu. Je vous le demande de votre grace, monſieur le *ſoʒambule*, allez vous coucher avec tous ces autres.... Non, pas par-là.... Tenez donc, par ici....

Je ne ſavois ſi je devois répondre, quand une femme furieuſe vint à nous. Elle ſaiſit mon conducteur, & l'entraînant avec elle : Parguiéne, lui dit-elle, t'es ben de ton pays, toi ! n'as-tu pas peur qu'i ne trouve pas l'eſcalier ſans chandelle ? Hain, quai bêtiſe, que de balivernes ! .. gni en a pat un, va, de ces chiens de *cornambules* qui nous fera jamais le cadiau de ſe rompre les ios.

Elle avoit raiſon la femme ! Sans me caſſer le cou je trouvois l'eſcalier, je cherchois le dortoir ; bien impatient de découvrir quelque coin ſolitaire & commode où je puſſe me ſécher & me réchauffer. J'allai toujours furetant jusqu'au second étage ; où, dans une immense salle éclairée par des lanternes, une porte entrebâillée me laissa voir beaucoup de lits rangés à la file, & dont aucun ne paroissoit vuide. Cependant j'en découvris un qui l'étoit ; tant de besoins si pressants me faisoient la loi de l'aller occuper, que je me glissai doucement jusqu'à lui. Là, je me dépouillai promptement du *vêtement nécessaire* ; il étoit tout mouillé ; mais comme je n'oubliois pas qu'il renfermoit mon trésor, je pris la sage précaution de le cacher sous mon chevet près duquel je mis mon épée. Ensuite j'ôtai vîte & je posai sur une chaise ma chemise imprégnée de neige fondue : avec un des coins du drap j'essuyai mon individu déja presque inondé, & tout nud que j'étois je m'étendis délicieusement sur deux mauvais matelas ; plus content que quand j'entrai dans le superbe lit du vicomte de Valbrun, tant est vrai le vulgaire adage qui tous les jours nous dit : Le plaisir vient de la douleur.

Oui : mais souvent quand le moment de la plus vive douleur est passé, la foule des douleurs plus petites ne tarde pas à vous assiéger, & le plaisir est promptement détruit. Dès qu'une chaleur progressive eut ranimé mon sang, dès que je pus remuer sans angoisse, mes membres un peu d'égourdis, les inquiétudes de l'esprit succéderent aux fatigues du corps, je considérai avec effroi la foule des dangers qui m'environnoient; sans doute poursuivi au-dehors, peut-être manacé au-dedans, qu'allois-je devenir? Je n'ignorois pas dans quelle espece de maison mon destin m'avoit conduit & quels gens extraordinaires la peuploient; mais comment y rester? Comment en sortir? Sur-tout comment satisfaire ce vif appétit, un moment oublié pendant mes plus grandes anxiétés, mais à présent revenu pour me crier sans relâche, qu'après es fatigues d'un long voyage & d'une courte nuit, je n'ai pris dans la journée qu'une tasse de chocolat... O ma Sophie! sans doute je dois des larmes à ton sort! tu gémis séparée de l'objet de ta tendresse; mais au moins elle t'est connue la prison dans laquelle tu languis! mais au moins tu ne manques, en m'attendant, ni de vivres ni de vêtements. Il est bien plus à plaindre ton malheureux époux! le moyen que sans nourriture il se conserve pour toi? le moyen qu'il aille te rejoindre sans linge, sans habits & sans souliers?

Je demeurois livré à ces réflexions désolantes, lorsque plusieurs personnes étant brusquement entrées, s'approcherent de mon lit qui fut aussi-tôt environné. Que faire en ce péril extrême? Puisqu'il n'y avoit pas moyen de fuir, je pris le parti de fermer les yeux & de paroître plongé dans un profond ſommeil, dont les douceurs étoient bien loin de moi. Figurez-vous quelle peur je dus avoir, quand pour m'examiner de plus près, on me mit une lumiere devant les yeux. Figurez-vous quel fut mon étonnement, quand j'entendis mes quatre ou cinq obſervateurs tranquillement dialoguer ainſi.

Je ne le connois pas. — Ni moi. — Ni moi. — Ni moi. Ni moi, dit-elle; mais attendez donc.. ſi fait.. ſi fait.. je.. je ſais qui c'eſt, un nouveau venu. — De ce ſoir? Oui. — Ah! tant mieux. — Il n'a pas mauvaiſe mine. — Pas du tout. — Bien! très-bien! un peu fatigué pourtant. — Ah! cela n'eſt pas étonnant; vous l'avez mis au bacquet, Madame? Oui, répondit-elle. — C'eſt cela; le bacquet, la diete.... — Sans doute, ſans doute — Son ſommeil eſt-il bien naturel? Il n'y a qu'à lui demander. — Oui, s'il veut le dire. — Eſſayons. — Soit; parlez-lui.

Mon cher enfant, dit-elle, dormez-vous bien?... Il ne répond pas. — Faites-lui une autre queſtion, Madame. Jeune homme, reprit-elle, pourquoi êtes-vous venu ici?... Allons, il ne dira mot. — Hé bien, faiſons-lui l'opération, Madame. — C'eſt mon avis. — Et le mien. — Et le mien. — Et le mien.

A ce mot *opération* je friſſonnai, une ſueur froide me prit, quand je ſentis qu'on levoit ma couverture. Eh ! bon Dieu ; s'écria-t-elle en la rejettant auſſi-tôt, il eſt tout nud. Il eſt tout nud, répéterent ils. — Tenez, ſur cette chaiſe ſa chemiſe ! — Toute mouillée ! — Trempée comme ſi on l'avoit miſe dans l'eau ! — Oui, ma foi ! — Tant mieux, c'eſt qu'il a tranſpiré. — C'eſt qu'il a tranſpiré — C'eſt qu'il a tranſpiré. — Oh ! mais ſentez donc, — Une odeur très-forte ! — Oui. — Oui. — Parbleu, meſſieurs, voilà une prodigieuſe tranſpiration ! — Hom ! pas exceſſive ; j'en ai vues.... — De plus étonnantes ? — Oui. — Et moi auſſi ; mais ce n'eſt pas l'ancienne médecine qui en produiroit de pareilles ! -- Aſſurément, non .. C'eſt que je n'en reviens pas ! .. Flairez donc, meſſieurs, flairez donc. — Une humeur âcre ? — Très-âcre. — Fétide. — Effets d'une criſe. — Criſe très-heureuſe — Sans nous il avoit une fievre inflammatoire. — Putride — Ou une apoplexie. — Ou une catalepſie. — Ou une paralyſie de poitrine. — Ou une ſciatique dans la tête. — Et il couroit grand danger ! — Et il étoit perdu ! — Et il ſeroit mort ! — Oh ! oui, il ſeroit mort. — Il ſeroit mort.

Pendant plus d'une minute, tandis que je commençois à me raſſurer, ils répéterent en chœur que je ſerois mort.

L'un d'eux interrompit le funebre chorus pour dire : C'eſt pourtant à vous, madame,

qu'appartient

qu'appartient l'honneur de cette cure. En vérité, je le crois, répondit-elle. Puisque cela va si bien, que ne recommencez-vous, répliqua-t-il? Elle lui répondit: très-volontiers; mais faites-lui donc donner une chemise.

Après qu'on m'eut passé la chemise aussitôt apportée, on me posa sur mon lit de maniere que mes deux pieds, qui d'abord restoient pendants, furent ensuite supportés par le premier bâton d'une chaise, sur laquelle il me parut que s'étoit assise la dame que l'on venoit de prier de se mettre en *rapport* (1). Elle le fit à l'instant même; elle serra mes deux jambes dans les deux siennes, promena doucement sur plusieurs parties de mon corps sa main que je trouvois familiere; & d'une façon tout-à-fait gentille frotta avec ses deux pouces les deux miens. Trop prudent pour témoigner combien cette *opération* de nouvelle espece étoit de mon goût, je feignois toujours de dormir. Voilà, dit quelqu'un, un sommeil bien opiniâtre. — Oui, qui tient de la léthargie. — Tant mieux, il produira plus surement le *somnambulisme.* — Sachons donc s'il parleroit maintenant. — Madame, voulez-vous bien l'interroger?

Beau jeune homme, me dit-elle, le ma-

(1) Mot technique.

gnétiſme agit-il ſur vous ? Je ne répondis pas un mot ; mais je trouvai la queſtion preſqu'impertinente. Lecteur qui me connoiſſez & m'honorez de quelque eſtime, vous me rendez, je penſe, la juſtice de convenir que, précédée d'une nuit au couvent & ſuivie d'une ſéance dans le lit de Mad. Deſglins, ma courte méſaventure avec Juſtine ne prouve rien ; d'ailleurs je vous ai dit, & vous me croyez, puiſqu'à chaque inſtant je vous prouve ma franchiſe extrême, je vous ai dit que je fus dérangé au moment où j'allois faire à cette fille offenſée la réparation la plus ſatisfaiſante ; jugez donc combien je dus être piqué des doutes injurieux qu'on affectoit ſur mon compte. Me demander ſi le magnétiſme agiſſoit ſur moi, ſur moi dont l'imagination ſi promptement s'allume, dont le ſang s'enflamme ſi aiſément !... Eſpiegle femelle, qui me faiſiez cette interpellation maligne, ſurement vous ne l'ignoriez pas qu'il agiſſoit ſur moi, le magnétiſme ! ſurement du coin de l'œil vous apperceviez ſon effet le moins équivoque, car tout d'un coup vous ceſſâtes vos chatouilleux attouchements, & d'un ton triomphant vous dites à ceux qui vous entouroient : meſſieurs, ſous huit jours au plus tard je vous garantis ce jeune homme-là radicalement guéri ; il y a plus, je reviendrai le queſtionner dans un quart-d'heure, & je vous certifie qu'il ſera déja ſomnambule & qu'il me répondra.

Dès que les médecins se furent éloignés de mon lit, je me hâtai d'ouvrir les yeux pour examiner la jeune dame qui, tout-à-l'heure avant de me quitter, m'avoit ce me semble un peu serré la main; sa voix ne m'étoit pas inconnue; mais je ne pouvois me dire où j'avois été frappé de ses doux accents. Malheureusement la dame me tournoit déja le dos quand je la regardai; mais il me sembla que j'avois vu quelque part cette taille élégante & svelte qui déja m'enchantoit.

Je la suivois toujours des yeux, quand on vint lui annoncer que Mad. Robin demandoit à la voir. Elle ordonna qu'on la fit monter, & puis elle dit à ceux qui l'entouroient: messieurs, Mad. Robin est une brave femme, il y a tout lieu de croire que c'est elle qui nous a envoyé ce soir cette belle dinde aux truffes, dont nous nous régalerons demain.

Une dinde aux truffes! Hélas! j'entendois parler d'une dinde aux truffes, tandis qu'avec tant de plaisir je me serois accommodé d'un bon morceau de pain sec.

Bon soir, Mad. Robin, lui dit-elle. L'autre répondit: votre très-humble servante, Mad. Leblanc. — Vous venez, Mad. Robin, pour voir la fille chérie? — Oui, madame. — Hé bien, passons dans ce cabinet.

Ce cabinet étoit en face de mon lit; on

en laissa la porte ouverte, j'écoutai & j'entendis : jeune Robin, dormez-vous ? Elle répondit d'une voix basse & d'un ton mystérieux : oui. — Cependant vous parlez. — Parce que je suis somnambule. — Qui vous y a initié ? — La prophétesse Mad. Leblanc, & le docteur d'Avo. — Quel est votre mal ? — L'hydropisie. — Le remede ? — Un mari. — Un mari pour l'hydropisie, dit la mere Robin. — Oui, madame, un mari, la somnambule a raison. Un mari avant quinze jours, reprit Mlle. Robin.; car, si je reste fille plus long-temps. je suis perdue. Un mari qui soit capable de l'être., j'en connois qui n'en auroient que le nom. Point de ces vieux garçons maigres, secs, décharnés, édentés, rabougris, vilains, crasseux, infirmes, grondeurs, sots & boiteux. — Boiteux, interrompit Mad. Robin, ah ! cependant il boite ce brave M. Rifflart qui la demande. Paix donc Mad. Robin, s'écria quelqu'un, tant que la somnambule parle, il faut écouter sans rien dire. — Fi de ces gens-là, reprit Mlle. Robin, ils n'ont d'autre mérite que de prendre une fille sans dot ; ils font trembler une pauvre vierge dès qu'ils parlent de l'épouser. — Ah ! pourtant... — Paix donc, madame. — Mais un jeune homme de vingt-sept ans tout au plus, cheveux bruns, peau blanche, œil noir, bouche vermeille, barbe bleue, visage rond, figure pleine, cinq pieds sept pouces, bien taillé, bien portant, alerte & gai. Ah ! dit Mad. Robin, c'est tout le portrait du fils de notre voisin M. Tubeuf, un pauvre diable.... Ah ! mon enfant, que n'ai-je de la fortune pour t'établir ! Tout d'un coup au bruit de plusieurs *chut*, *chut* prolongés, il se fit un profond silence. Silence, dit Mad. Leblanc, le dieu du magnétisme m'a saisie, il me brûle, il m'inspire ! Je lis dans le passé, dans le présent, dans l'avenir ! Silence. Je vois dans le passé que la mere Robin nous a envoyé ce soir une dinde aux truffes. Cela est vrai, répondit-elle ; paix donc, madame, lui dit quelqu'un... Je vois qu'il y a quinze jours elle vouloit marier sa fille au vieux garçon Rifflart, qui est infirme, grondeur & boiteux... — Un bien aimable homme cependant... — Paix donc, Mad. Robin. — Je vois que la fille Robin a distingué le jeune Tubeuf de cinq pieds sept pouces, bien taillé, bien portant, alerte & gai..... — Oui ; mais si pauvre, si pauvre ! — Paix donc, Mad. Robin. — Je vois dans le présent que la mere Robin tient cachés au fond de l'un des tiroirs de sa grande armoire cinq cents doubles... — Oh ! mon Dieu ! — Cinq cents doubles... — N'achevez pas. — Cinq cents doubles louis en vingt rouleaux. — Ah ! pourquoi l'avoir dit ?.. — Mais paix donc, Mad. Robin. — Je vois dans l'avenir que, si la mere Robin ne dispose pas sous quinze jours de huit rouleaux.... — Huit rouleaux ! — Paix donc, madame Robin. — De huit rouleaux au moins pour l'établissement de sa fille avec le fils du voisin Tubeuf. Je vois... L'avenir m'épouvante... Ah ! pauvres Robin fille & mere ! couple infortuné, que je vous plains!... On ouvrira l'armoire de la mere, le cœur de la fille se sera ouvert ; on ravira l'argent de la mere, on aura ravi l'honneur de la fille ; la mere mourra de chagrin d'avoir été volée ; la fille désespérée ira dans un pays étranger accoucher d'un garçon ! Ah ! s'écria madame Robin, saisie d'épouvante : ah ! je la marierai ! je la marierai la semaine prochaine ! oui, la semaine prochaine elle épousera ce coquin de Tubeuf. Mad. Robin ainsi déterminée s'en alla, & l'un des docteurs la reconduisit poliment.

Ce que j'écris-là, je le croyois à peine, quoique je l'eusse entendu. Un rêve imposteur me berçoit-il de ses chimeres, ou n'y avoit-il plus un grain de raison dans mon cerveau totalement vuide ? De quelle scene le hasard venoit de me rendre témoin ! D'une part, quel mélange d'effronterie, d'extravagance & de charlatanisme ; que d'ignorance & d'imbécillité de l'autre ! O hommes, il est donc vrai que vous êtes de grands enfants ! Il est donc vrai qu'avec sa gibeci e le premier joueur de gobelets.... Je méditois sur cette éternelle vérité, dans un de ces moments courts & rares, où la sageſſe paroiſſoit vouloir ſe rapprocher de moi ; mais la ſageſſe ne trouvant pas à loger dans ma folle tête, s'éloigna promptement ; & comme ſon bruſque départ ne me permit point alors d'achever la réflexion ſolide & profonde, je ne puis aujourd'hui finir la phraſe philoſophique, épigrammatique & morale.

On va voir que mes idées prirent un cours tout différent ; je me fis des reproches peu délicats, mais naturels dans la circonſtance ; un homme affamé n'eſt pas rigoureux caſuiſte : pourquoi, M. le chevalier, ne pas vous être mêlé de la forfanterie pour en tirer profit ? Pourquoi n'avoir point répondu quand on vous interrogeoit ? Avec toute votre ſagacité vous ne ſavez rien deviner d'abord ; avec votre belle prudence vous vous conduiſez toujours comme un poltron ! c'étoit bien la peine d'échapper à la fureur des éléments conjurés, pour venir ſur ce miſérable grabat, mourir de peur & de faim ! vous mériteriez que la faute fût irréparable... Allons, Faublas, elle ne l'eſt pas ; allons, mon ami, de la tête & du cœur, un peu d'adreſſe & beaucoup d'audace ! il s'agit de te procurer un bon repas bien néceſſaire, & peut-être d'obtenir encore une douce nuit.

Il faut convenir que l'obligeante propheteſſe m'aida merveilleuſement dans l'exécution de ce projet louable. Je suis sûr que Mad. Robin étoit à peine au bas de l'escalier, quand Mad. Leblanc dit aux docteurs de retourner à mon lit. A leur approche je me hâtai comme la premiere fois de fermer les yeux. Bientôt la prophéteffe accourut, commanda le silence, & d'une voix renforcée rendit l'oracle effrayant : quelle puissance supérieure me transporte au-dessus des nuages, je plane dans l'immensité des cieux, mon regard parcourt l'univers, ma vaste science embrasse les siecles écoulés, le moment qui passe & l'éternité. Je vois dans le passé, que l'adolescent ici couché fut toujours un petit libertin de bonne compagnie; que non content d'avoir en même temps une belle dame & une jolie demoiselle, il a encore osé, dans une rencontre assez singuliere, souffler une aimable nymphe à M. le baron, son très-honoré pere. Je vois dans le présent que cet enfant gâté s'appelle *de Blasfau*. Je vois dans l'avenir qu'il ne sera pas longtemps malade, & que tout à-l'heure il va me répondre & somnambuliser.

A mon véritable nom que disoit la prophéteffe, en le déguisant par la simple transposition des deux syllabes qui le composent; à l'histoire de mes amours qu'elle me faisoit en abrégé, sur-tout à l'anecdote secrete qu'elle me rappelloit malignement, je reconnus enfin... belle dame, savez-vous qui?

Non ; hé bien , je ne veux pas vous le dire encore. Il me plaît qu'auparavant vous écoutiez les réponſes que je vais faire aux queſtions de Mad. Leblanc.

Beau jeune homme , dormez - vous ? — Oui ; mais je parle, parce que je ſuis ſomnambule. — Qui vous a initié ? La plus aimable des femmes , celle dont je tiens la jolie main , la prophéteſſe. — Quelle eſt votre maladie ? — Ce matin c'étoit épuiſement & dégoût exceſſif; ce ſoir au contraire il y a pléthore & faim dévorante. — Que faut-il faire à cela ? — Me donner , le plutôt poſſible , une bouteille de Perpignan & un morceau de dinde aux truffes. — Ha , ha ! — Et cela dans l'appartement de la prophéteſſe , qui voudra bien m'accorder un entretien particulier. — Ha , ha ! — Je lui révélerai maintes choſes eſſentielles à la propagation ..... du magnétiſme. — Ha , ha !

Fin de la première Partie.

www.ingramcontent.com/pod-product-compliance
Ingram Content Group UK Ltd.
Pitfield, Milton Keynes, MK11 3LW, UK
UKHW021308190726
13839UKWH00007B/538